LOS MEJORES CUENTOS ERÓTICOS

Autores Varios

LOS MEJORES CUENTOS
ERÓTICOS

Mestas
ediciones

Colección
LOS MEJORES CUENTOS DE...

© MESTAS EDICIONES, S.L.
Avda. de Guadalix, 103
28120 Algete, Madrid
Tel. 91 886 43 80
Fax: 91 886 47 19
E-mail: info@mestasediciones.com
www.mestasediciones.com
http://www.facebook.com/MestasEdiciones
http://www.twitter.com/#!/MestasEdiciones
© Derechos de Traducción: Mestas Ediciones, S.L.

Director de colección: J. M. Valcárcel

Imagen de cubierta bajo licencia Shutterstock
Autor: Anna Ismagilova

Primera edición: *Marzo, 2022*

ISBN: 978-84-18765-11-7
Depósito legal: M-2376-2022
Printed in Spain – Impreso en España

INTRODUCCIÓN

A raíz del boom literario de la saga de *Cincuenta sombras de Grey*, de E. L. James, ha crecido exponencialmente el interés de los lectores/as por la narrativa erótica. ¿Por qué? Porque el erotismo literario hace volar nuestra imaginación muchísimo más que una película o una página web. Las palabras resuenan en nuestra cabeza dando forma a una historia que es realmente única, pues nadie más podrá recrear de la misma manera lo que estamos imaginando cada uno de nosotros al leerlas. Eso es libertad, pasión sin censuras, deseo, mucho amor y romanticismo, entusiasmo, entretenimiento, ¡fantasía!, y un sinfín de aspectos que derivan en el elemento fundamental de la vida: la felicidad. ¿Somos más alegres por el simple hecho de disfrutar de relatos eróticos? No, pero sí seremos mucho más felices si liberamos sentimientos que tenemos encerrados en lo más profundo de nuestra alma.

En esta recopilación, única en el mundo, podrás deleitarte con autores tan destacados como Giovanni Boccaccio, Catulle Mendès, Guy De Maupassant, Fray Mocho, Marqués De Sade, Felipe Trigo, Honoré De Balzac, Matteo Bandello, D. H. Lawrence, Marcel Prévost, Francesco Maria Molza, Eduardo Wilde y Geoffrey Chaucer.

En este punto tenemos que aclarar que el erotismo es un género insinuante, mientras que su hermano mayor, la pornografía, es explícito sin ningún tipo de miramientos. Obviamente, en todos los textos eróticos y pornográficos abunda el sexo, ya que es la base de ambos, pero el tratamiento que hacen de este es completamente diferente. El erotismo quiere hacerte sentir excitación mediante la fantasía, estimulando la imaginación ante los sucesos que se exponen. La pornografía es directa, te presenta todos los elementos delante de ti y deja que estos de por sí te exciten. No hay lugar para la imaginación, dado que hay una exhibición constante de cuerpos y actos donde el sentido de la vista recoge todos los ítems y el cerebro los procesa tal cual los ha recibido. Está claro que al visualizar pornografía, el consumidor puede imaginarse a sí mismo en la escena que está viendo o intentar sentir a la otra persona. No cabe duda, pero no es un proceso fácil, dado que el objetivo de la pornografía es la rapidez, la inmediatez. Ves algo y te excitas por lo que estás viendo, no por lo que estás imaginando que estás viendo.

> *«El erotismo es una de las bases del conocimiento*
> *de uno mismo, tan indispensable como la poesía.»*
> **Anaïs Nin**

El erotismo juega todas sus bazas a la recreación mental del sujeto al leer, ver o sentir la historia que se le presenta, ya sea en formato libro, audio o vídeo. Esa historia tiene la capacidad, la cualidad, de producir situaciones que estimulan la sensualidad. Eso es lo que vas a encontrar en esta selección de relatos.

El sexo y la cultura han estado relacionados desde el principio de los tiempos, aunque en el caso concreto de la literatura siempre ha habido un halo de censura, por considerarse un arte impuro y pecaminoso. No obstante, sabemos que ya en el Antiguo Egipto, la Antigua Roma o Grecia ya se escribieron tratados y obras que hablaban abiertamente de sexo, como *Lisistrata*, de Aristófanes, *El arte de amar*, de Ovidio, o *El Satiricón*, de Petronio. Aunque quizás el más famoso libro sobre el tema sea el *Kamasutra*, un manual con técnicas y posturas amatorias, escrito en la India hace muchos muchos siglos. Más adelante, el Medievo y el Renacimiento siguieron proporcionando obras destacadas en este género, dejándonos, por ejemplo, el *Decamerón*, de Giovanni Boccaccio o los *Cuentos de Canterbury*, de Geoffrey Chaucer. Pero, sin duda, fue en los siguientes siglos y en la Ilustración donde se produjo una cierta liberación sexual admitida. Ya con el Marqués de Sade en escena, las reglas de juego cambiaron y el erotismo formaría parte de la sociedad más amplia, aunque fuese a escondidas.

«El erotismo es un juego privado en el que solo el yo y los fantasmas y los jugadores pueden participar, y cuyo éxito depende de su carácter secreto, impermeable a la curiosidad pública.»

Mario Vargas Llosa

En pleno siglo XXI la sexualidad, en todo su conjunto, está casi del todo normalizada. Siempre habrá voces en contra, pero al final, para la gran mayoría de personas, negar, ocultar o reprimir el deseo sexual, solo conllevará problemas psicológicos de algún tipo de índole. La cosa es más sencilla, el sexo es parte de la vida (¡y una parte muy importante!) y, como tal, debe tomarse con naturalidad. El sexo no es represión, pero tampoco sometimiento. Y eso es algo que puedes aprender en este libro, aunque sea por representación inversa. El sexo debe ser un liberador de amor. Y el amor no ata, une, que es diferente, el amor nos hace crecer como seres humanos.

El editor

METER AL DIABLO EN EL INFIERNO

Giovanni Boccaccio

En la ciudad de Cafsa, en Berbería,[1] hubo hace tiempo un hombre inmensamente rico que, entre otros descendientes, tenía una hijita hermosa y dicharachera cuyo nombre era Alibech. Esta última, no siendo cristiana y oyendo a muchos cristianos de los que había en la ciudad alabar mucho la fe cristiana y el servicio de Dios, un día preguntó a uno de ellos en qué materia y con menos impedimentos podría servir a Dios. Él le contestó que servían mejor a Dios quienes más huían de las cosas del mundo, como hacían quienes se habían retirado a las soledades de los desiertos de la Tebaida.[2] La joven, que era muy simple y contaba unos catorce años, no por deseo consciente, sino por un impulso pueril y sin decir nada a nadie, a la mañana siguiente se encaminó hacia el desierto de Tebaida, a escondidas y sola. Muy trabajosamente y siguiendo sus deseos, después de algunos días en aquellas soledades llegó y vio a lo lejos una casita, a la cual fue. Allí encontró en la puerta a un santo varón, el cual, maravillándose de verla allí, le preguntó qué andaba buscando. Ella repuso que, inspirada por Dios, buscaba ponerse a su servicio y también quien le enseñase cómo se le debía servir. El honrado varón, viéndola joven y muy her-

---

[1] La Berbería es el nombre que los europeos daban antiguamente a la zona costera que baña el mar Mediterráneo desde Marruecos hasta Libia.
[2] Región desértica en torno a la antigua ciudad egipcia de Tebas, situada a unos 800 km al sur de El Cairo.

mosa, temiendo que el demonio lo engañase si la retenía, le alabó su buena disposición y, dándole de comer algunas raíces de hierbas y frutas silvestres y dátiles, y agua a beber, le dijo:

—Hija mía, no muy lejos de aquí hay un santo varón que es mucho mejor maestro que yo en lo que vas buscando. Acude a él.

Y le enseñó el camino. Ella, al llegar a él y al oír de este las mismas palabras, fue más adelante, llegando así a la celda de un ermitaño joven, persona muy devota y buena, cuyo nombre era Rústico, y le hizo la misma petición que les había hecho a los otros. Él, queriendo someter su firmeza a una estricta prueba, no le mandó irse como los demás o seguir más adelante, sino que la retuvo en su celda. Llegada la noche, le hizo en un lugar una yacija de hojas de palmera, y le dijo que se acostase sobre ella. Hecho esto, no tardaron nada las tentaciones en luchar contra las fuerzas de él, el cual, al hallarse muy engañado sobre ellas, volvió las espaldas sin demasiados asaltos y se entregó como vencido. Tras desechar los pensamientos santos y las oraciones y las disciplinas, la juventud y la hermosura de ella le vinieron a la memoria. Comenzó, además de esto, a pensar en qué vía y en qué modo debería comportarse con ella para que no se percatase de que él, como hombre disoluto, quería llegar a aquello que deseaba de ella.

Probando primero con ciertas preguntas averiguó que jamás había conocido varón y que era tan simple como parecía, de manera que pensó en cómo debería traerla a su voluntad bajo la apariencia de servir a Dios. En primer lugar y con muchas palabras le mostró cuán enemigo de Nuestro Señor era el diablo. Luego le dio a entender que el servicio que más grato podía ser a Dios era meter al demonio en el infierno, adonde Nuestro Señor lo había condenado. La jovencita le preguntó cómo se hacía aquello y Rústico le dijo:

—Pronto lo sabrás. Para eso harás lo que me veas hacer a mí.

Empezó entonces a despojarse de los pocos vestidos que tenía, quedándose completamente desnudo. Lo mismo hizo la muchacha y se puso de rodillas como quien desea rezar y la hizo ponerse a ella contra él. Estando así, sintiéndose Rústico más inflamado que nunca en su deseo al verla tan hermosa, sucedió la resurrección de la carne. Al mirarla Alibech dijo, maravillándose:

—Rústico, ¿qué es esa cosa que veo que se te sale así hacia fuera y que yo no la tengo?

—Oh, hija mía, es el diablo del que te he hablado—dijo Rústico—. Ya ves, me causa una enorme molestia, tanta que apenas puedo soportarlo.

Entonces repuso la joven:

—Oh, alabado sea Dios, pues veo que estoy mejor que tú, ya que no tengo yo ese diablo.

Rústico replicó:

—Dices bien, pero tienes otra cosa que yo no tengo, y la tienes en lugar de esto.

Alibech preguntó:

—¿El qué?

Rústico le dijo:

—Tienes el infierno, y yo te digo que creo que Dios te ha enviado aquí para la salvación de mi alma, pues si ese diablo me va a dar este tormento y tú quieres tener de mí tanta piedad sufriendo el que yo lo meta en el infierno, me darás un grandísimo consuelo a mí y a Dios un gran placer y mayor servicio si es que para ello has venido a estos lares, como tú dices.

La joven repuso de buena fe:

—Oh, padre mío, puesto que yo tengo el infierno, sea como deseáis.

Entonces Rústico dijo:

—Hija mía, bendita seas. Vamos y metámoslo para que luego me deje vivir tranquilo.

Dicho esto, tras colocar a la joven encima de una de sus yacijas, le enseñó cómo debía ponerse para poder encarcelar a aquel maldito de Dios. La joven, que jamás había puesto en el infierno a diablo alguno, sintió un poco de dolor la primera vez, por lo que le dijo a Rústico:

—Por cierto, padre mío, mala cosa debe ser este diablo y verdaderamente enemigo de Dios, pues incluso en el infierno y no en otra parte duele cuando lo meten allí dentro.

Rústico dijo:

—Hija, no siempre sucederá así.

Para hacer que aquello no sucediese, allí lo metieron seis veces antes de que dejasen la yacija. Fueron tantas que por aquella vez le arrancaron tan bien el orgullo de la cabeza que de buen grado se quedó tranquilo. Pero volviéndole después muchas veces en el tiempo siguiente y disponiéndose la siempre obediente joven a quitárselo, acaeció que el juego principió a gustarle, así que comenzó a decir a Rústico:

—Bien veo que aquellos sabios hombres de Cafsa decían la verdad al asegurar que servir a Dios era cosa dulce. En verdad no recuerdo cosa alguna que yo hiciese y que tanto deleite y placer me diese como es meter al diablo en el infierno. Se me antoja por ello que cualquier persona que se ocupe en otra cosa que no sea en servir a Dios es un animal.

Por esa cosa muchas veces iba a Rústico y le decía:

—Padre mío, he venido aquí para servir a Dios, no para estar ociosa. Vamos a meter el diablo en el infierno.

Haciendo lo cual, decía alguna vez:

—Rústico, no sé por qué el diablo escapa del infierno; pues si estuviera allí de tan buen grado como en el infierno es recibido y tenido, no se saldría nunca.

Así pues, con tan harta frecuencia invitaba la joven a Rústico y lo consolaba al servicio de Dios, tantas veces le había quitado la lana del jubón que sentía frío en las ocasiones en que otro hubiera sudado, que por ello comenzó a decir Rústico a la joven que al diablo no había que castigarlo y meterlo en el infierno más que cuando él levantase la cabeza por orgullo.

—Y nosotros, por la gracia de Dios, tanto lo hemos desganado, que ruega a Dios quedarse en paz —terminó diciendo.

Así impuso algún silencio a la joven, la cual, cuando vio que Rústico no le pedía más meter el diablo en el infierno, le dijo un día:

—Rústico, si tu diablo está castigado y no te molesta más, mi infierno a mí no me deja tranquila; por lo que bien obrarás si con tu diablo me ayudas a calmar la rabia de mi infierno, como yo con mi infierno te ayudé a quitar el orgullo a tu diablo.

Rústico, que vivía de raíces de hierbas y agua, mal podía responder a aquellos envites. Así pues, le dijo que muchos diablos querrían poder tranquilizar al infierno, pero que él haría lo que pudiese. De este modo, alguna vez la satisfacía, pero acaecía tan raramente que era como arrojar un haba a las fauces de un león. Por lo tanto, no pareciéndole servir a Dios cuanto quería, la joven rezongaba mucho. Pero mientras que esta cuestión se producía entre el diablo de Rústico y el infierno de Alibech, debido al demasiado deseo y al menor poder, sucedió que hubo un incendio en Cafsa en el que ardió en su propia casa el padre de Alibech con todos sus hijos y demás familia. Así quedó Alibech heredera de todos sus bienes. Fue entonces cuando un joven llamado Neerbale, que había gastado en suntuosidades todos sus haberes, oyó que ella estaba viva, de manera que se puso a buscarla. La halló antes de que el fisco se apropiase de los bienes que habían sido del padre, como si hubiese sido hombre muerto sin herederos. Con gran placer de Rústico y contra la voluntad de ella, la llevó de regreso a Cafsa y la tomó por mujer, y fue heredero de su gran patrimonio. Pero al preguntarle las mujeres en qué servía a Dios en el desierto y no habiéndose acostado todavía Neerbale con ella, respondió que le servía metiendo al diablo en el infierno y que Neerbale había cometido un gran pecado al haberla arrancado a tal servicio. Las mujeres preguntaron:

—¿Cómo se mete al diablo en el infierno?

La joven, entre palabras y gestos, se lo mostró. Con aquello rieron tanto ellas que todavía se ríen, y dijeron:

—No estés triste, hija, no; eso también se hace bien aquí. Neerbale bien servirá contigo a Dios Nuestro Señor en eso.

Luego, diciéndoselo una a otra por toda la ciudad, hicieron célebre el dicho de que el servicio más agradable que pudiera hacerse a Dios era meter al diablo en el infierno. Este dicho, pasado a este lado del mar,[3] aún se oye. Y por ello vosotras, jóvenes damas, que necesitáis la gracia de Dios, aprended a meter al diablo en el infierno, porque es algo muy grato a Dios y agradable para las partes, y de ello puede nacer y seguirse mucho bien.

---

[3] Se refiere a Italia porque este cuento es el décimo de la tercera jornada del *Decamerón*.

EL AFORTUNADO REFLEJO

Catulle Mendès

Mi hermosa vecina de enfrente, a quien no conozco y a la vez conozco muy bien, se desnuda en el suntuoso baño iluminado por candelabros dorados, y como echó las pesadas cortinas descuidadamente, puedo verla a través del vidrio y la muselina mientras su imagen se desvanece entre el marco adornado con un espejo sesgado que se mueve.

Una por una, las estolas caen, luego las batistas, y tan pronto como ella se quita las medias negras, todo el blanco rosado de su maravilloso cuerpo desnudo llena el espejo, mientras tras su regreso del baile, mi hermosa vecina, a la que no conozco y a quien a la vez conozco tan bien, se desnuda en el espléndido baño iluminado de dorados candelabros.

Desafortunadamente, marquesa, duquesa o alteza real, podría no considerarme digno de llevar el perfume de uno de sus guantes perdidos. Pero en mi balcón, me inclino hacia adelante y me coloco correctamente, y en el espejo, mi reflejo mezclado con el suyo, con brazos ardientes y mil besos, se une a mi apuesta vecina, a quien no conozco y a la vez conozco tan bien.

IDILIO

Guy de Maupassant

El tren acababa de salir de Génova y se dirigía a Marsella. Seguía las pronunciadas curvas de la larga costa rocosa. Se deslizaba entre el mar y las montañas como una serpiente de hierro. Se arrastraba por playas de arena amarilla donde las ondas de luz bordaban una línea de plata y, de repente, se adentró en las mandíbulas negras de los túneles, como la fiera entra en su cueva.

Una mujer voluminosa y un joven viajaban cara a cara en el último coche y se miraban de vez en cuando, pero sin hablar entre sí. La mujer, que tendría veinticinco años, se sentaba junto a la ventanilla y contemplaba el paisaje. Era una robusta campesina piamontesa de ojos negros, busto generoso y mofletuda. Había colocado varios paquetes debajo del asiento de madera y tenía una cesta en su regazo.

El joven tendría veinte años. Era delgado, bronceado, del color oscuro de las personas que cultivan el país bajo la luz del sol. Llevaba toda su fortuna junto a él, en un pañuelo: un par de zapatos, una camisa, un pantalón y una chaqueta. También tenía algo escondido debajo del banco: una pala y una azada atados con una cuerda. Marchaba a Francia a buscar trabajo.

El sol al salir en el cielo bañaba la costa con una lluvia de fuego. Eran los últimos días de mayo. Deliciosas fragancias flotaban en el aire y penetraban en los coches por las ventanillas abiertas. Los naranjos y los limoneros en flor derramaban en la atmósfera tranquila sus aromas dulces tan agradables, fuertes e inquietantes, mezclándolos con el toque de esas rosas que crecían como hierbas silvestres en todas partes, a lo largo de la vía, en los jardines más lujosos, en las puertas de las chozas y en medio del campo.

Las rosas están como en casa en esta costa. Son el bálsamo de la región con su aroma fuerte y ligero. Gracias a ellas, el aire es un placer, tan sabroso como el vino y, como este, embriagador.

El tren avanzaba muy despacio, como si se divirtiese en este jardín, en esta dulzura. Se detenía sin cesar en apeaderos frente a algunas casas blancas, y luego arrancaba tranquilamente después de silbar. Nadie se montaba en él. Se habría dicho que todo el mundo estaba somnoliento sin decidirse a dar un paso en aquella tibia mañana.

La mujer oronda cerraba de vez en cuando los ojos, pero los volvía a abrir repentinamente cuando sentía que la cesta se deslizaba de sus rodillas. Lo llevaba de vuelta a su sitio con un gesto rápido, miraba por la ventanilla durante unos minutos y se adormecía nuevamente. Gotas de sudor perlaban su frente y respiraba trabajosamente, como si fuese presa de una opresión angustiosa.

El joven había bajado la cabeza y dormía como un lirón, como buen granjero.

De pronto, al salir de una pequeña estación, la mujer pareció despertar, abrió la cesta, sacó un trozo de pan, huevos duros, una copa de vino y unas preciosas ciruelas rojas, y comenzó a comer.

El joven también se había despertado repentinamente y la contempló siguiendo con los ojos el camino de cada bocado desde las rodillas hasta la boca. Tenía los brazos cruzados, la mirada fija, las mejillas hundidas y los labios cerrados.

Ella comía con avidez, bebiendo vino sin cesar para pasar los huevos y, de vez en cuando, dejaba de mascar para dejar escapar un ligero resoplido.

Se tragó todo: el pan, los huevos, las ciruelas y el vino. Apenas terminó de comer, el joven cerró los ojos. La joven se sintió un poco hinchada y se aflojó el corpiño. El joven de repente volvió a mirar.

Sin preocuparse por ello, la mujer se desabrochó el vestido. La fuerte presión de sus pechos separó la tela, revelando parte de la ropa interior blanca y un trozo de piel en el medio de la creciente abertura. Cuando la campesina se sintió más cómoda, dijo en italiano:

—No puedo respirar con este calor que hace.

El joven le respondió en el mismo idioma y con el mismo acento:

—Hace buen tiempo para viajar.

Ella preguntó:

—¿Es de Piamonte?

—Soy de Asti.

—Yo soy de Casale.

Procedían de pueblos cercanos y empezaron a hablar.

Hablaron de la serie de tópicos que la gente del pueblo repite constantemente y que son suficientes para satisfacer sus tardas inteligencias sin horizontes. Hablaron de sus pueblos. Tenían enemigos en común. Citaron nombres y, cuando descubrían un nuevo conocido de los dos, su amistad crecía. Las frases brotaban rápida y apresuradamente de sus labios, con las terminaciones sonoras y el acento cantarín de la lengua italiana. Luego empezaron a hablar de sí mismos.

Ella estaba casada y había dejado a sus tres hijos al cuidado de una hermana porque había encontrado trabajo como nodriza en una casa de una buena señora francesa en Marsella. Él buscaba trabajo. Le habían asegurado que lo encontraría allí porque se construían muchos edificios.

Luego se quedaron callados.

El calor se hizo terrible, ya que se derramaba sobre el techo de los vagones. Una nube de polvo se arremolinaba detrás del tren y penetraba en él, y la fragancia de naranjos y rosas se adhería con más fuerza al paladar, como si se estuviese volviendo más espesa y pesada.

Los dos viajeros se durmieron de nuevo.

Se despertaron casi al mismo tiempo. El sol descendía hacia la superficie del mar e iluminó su lámina azul con una ola de claridad. El aire estaba más fresco ahora y parecía más ligero.

La nodriza, con el corpiño abierto, las mejillas sucias y la mirada apagada, jadeó; y exclamó con voz cansada:

—No he amamantado desde ayer y me siento mareada, como si me fuese a desmayar.

El joven no respondió porque no sabía qué decir. Ella continuó:

—Con la cantidad de leche que tengo, es fundamental amamantar tres veces al día o me sentiré molesta. Es como si llevara un peso en el corazón, un peso que me impide respirar y me deja aplastada. Es un incordio tener tanta leche.

Él musitó:

—Sí. Es un incordio. Eso debe molestarla mucho.

Efectivamente, daba la impresión de estar muy enferma, agobiada y a punto de desvanecerse. Dijo en voz queda:

—Con un poco de presión, la leche sale como de una fuente. Es un espectáculo extraño. Suena increíble. Todos los habitantes de Casale acudían a verlo.

—¿De veras? —preguntó el joven.

—Como lo oye. Se lo enseñaría, pero no serviría de nada. Así no saldría toda la cantidad que necesitaría en este momento.

No dijo nada más.

El tren se detuvo. Junto a una valla había una mujer que sostenía en sus brazos a un niño que lloraba. Estaba flaca y astrosa. La nodriza, que la vio, dijo con voz de lástima:

—He aquí una a la que podría aliviar. Y podría darme un gran alivio su bebé. No soy rica, y la prueba de ello es que dejo mi casa, mi familia y el último hijo que he tenido para irme a trabajar. Sin embargo, de buen grado daría cinco francos para que me deje diez minutos al chico para que lo amamante. El chico se calmaría y yo también. Sería como darme una nueva vida.

Se calló de nuevo. Luego pasó su mano febril por su frente sudorosa varias veces y se quejó:

—No puedo soportarlo más. Creo que voy a morir.

Y se abrió el corpiño por completo con un gesto inconsciente.

Apareció el pecho derecho, enorme, tenso, con su pezón oscuro. La pobre mujer gemía:

—¡Oh, Dios mío! ¡Oh, Dios mío! ¿Qué voy a hacer?

El tren había arrancado de nuevo y continuaba su camino a través de flores que exhalaban la fuerte fragancia de las cálidas puestas de sol. De vez en cuando, se divisaba un barco pesquero como durmiendo en el mar azul, sus velas blancas reflejadas en el agua como si hubiese otro barco bocabajo.

El joven balbuceó confundido:

—Señora… Quizá pueda aliviarla yo mismo.

Ella respondió con voz quebrada:

—Por supuesto…, si es tan amable. Me haría un gran favor. No puedo resistirlo más, no puedo.

El joven se arrodilló frente a ella, la mujer se inclinó y, con el gesto de una nodriza, le llevó el pezón negro a la boca. Cuando lo tomó entre sus manos para acercárselo al hombre, brotó una gota de leche de la punta. El joven la bebió glotonamente y agarró entre sus labios, como un recién nacido, aquella teta cargada y comenzó a mamar glotonamente, a un ritmo constante.

Había agarrado la cintura de la mujer con ambos brazos y la había apretado para acercársela, mientras sorbía lentamente, con un movimiento de cuello igual que el de los niños.

De repente ella le dijo:

—Ya he tenido suficiente. Tome ahora la otra.

Él le tomó dócilmente el otro pecho.

La mujer había colocado ambas manos detrás de la espalda del joven e inhaló profundamente con gran felicidad. Disfrutaba el aroma de las flores que se mezclaba con las corrientes de aire que el tren enviaba dentro de los vagones.

—¡Qué olor tan agradable! —dijo ella.

El joven no respondió y siguió bebiendo de esta fuente de carne y cerró los ojos como si quisiera saborearla mejor.

Ella lo apartó suavemente.

—Es suficiente. Me siento mejor. Esto me ha devuelto la vida y la tranquilidad.

Él se levantó y se limpió la boca con el dorso de la mano.

Y ella le dijo, mientras se metía en el corpiño aquellas dos garrafas vivientes:

—Me ha hecho un gran favor. Se lo agradezco mucho, señor.

Entonces el joven le respondió con tono agradecido:

—Soy yo quien le está reconocido, señora. ¡Hacía dos días que no comía nada!

LOS AZAHARES DE JUANITA

Fray Mocho

Mirar los blancos azahares con que se coronan las novias en tren de matrimonio, y sentir una carcajada cosquillearme en la garganta, es todo uno.

Y esto me sucede, no porque sea un cotorrón canalla y descreído, sino porque me acuerdo de Juanita la hija de nuestra vecina doña Antonia, que se casó con mi tío Juan Alberto.

¡Qué impresión sentí cuando la vi coronada de blancas flores de naranjo, emblema de la pureza, a aquella pícara y graciosa muchacha con quien había trincado tanto en el jardín de mi casa!

Vino a mi mente, con toda claridad, la tarde aquella en que por vez primera nos dimos un beso, que fue el incubador de los millones en germen que Juanita escondía en las extremidades de su boquita rosada.

***

Según costumbre, Juanita y yo —dos muchachos de trece años— habíamos ido al jardín en busca de violetas, durante una templada tarde de agosto.

Allí, sentados a la sombra de los grandes árboles, escudriñábamos entre las hojas verdes, buscando las pequeñas flores fragantes.

Examinábamos la misma mata y de repente nuestras manos se encontraron sobre el tallo de una gran violeta nacida al reparo de una piedra, que yo me apresuré a cortar.

—¡Qué linda... —dijo ella—, dámela!

—¡No..., es para mi ramo!

—¡Dámela —me repitió, pero esta vez con un tono tal, que me obligó a mirarla a la cara—, no seas malo!

Y sus ojos negros fijándose en los míos me hicieron experimentar algo de que aún no me doy cuenta.

—¿No me la das?... —volvió a preguntarme.

Y como yo al mirarla me sonriera, se rio ella, mostrándome sus pequeños dientes blancos, mientras exclamaba con un tono de reproche... ¡Malo!

—Y si te la doy, ¿qué me das a mí? —le pregunté mirándola fijamente.

—Dámela —volvió a decirme, queriendo arrebatarme la codiciada flor y sin responder a mi pregunta.

—Bueno... ¿qué me das?

— ¡Si no tengo nada que darte!

Y se puso encendida

—¡Dame un beso!... ¿Quieres?

—¡Gran cosa!... ¿Y me das la violeta esa?

—¡Sí...! ¡No!... ¡Dame dos besos y te la doy!

—No... no quiero... ¡nos van a ver!

—¡No nos ven..., nos vamos allá... a la glorieta!

Y me acuerdo que, sin saber cómo, me encontré teniendo una de sus manecitas lindas, entre las mías.

—No... no...

—¡Vamos... te la doy!

Y al decir esto la tomé por la cintura para hacerla levantarse.
Se puso de pie y como yo le hubiera hecho cosquillas, se reía.
Riéndose me siguió.

***

Nos sentamos en un banco perdido entre el follaje, uno al lado del otro.

—Bueno… dame la violeta primero —me dijo.

—¡Qué esperanza!… Primero los besos…

—No, no…, me vas a hacer trampa.

—Bueno… ¡los dos a un tiempo entonces!

—¡Oh! ¿Y cómo?

—Vos tomas la violeta del tronquito y cuando me des los besos, la largo.

Así lo hicimos, pero yo recibí los besos y no largué el tronquito.

—¡Tramposo!

Y se dejó caer a mi lado haciéndose la que lloraba.

—Si no me los has dado. ¡Yo fui el que te los di…!

—¡Pues no!… Es lo mismo después de todo…

Y yo pasé mi brazo alrededor de su talle aún no bien formado, yendo a poner mi mano sobre su corazoncito que sentí latía tan ligero como el mío, sintiendo a la vez otra cosa que me deleitó tocar.

—¡Bah… mano larga!… —me dijo y riéndose porque le hacía cosquillas—: ¡Déjame!

Como yo continuara se echó para atrás descubriendo su cuello terso y se rio con toda franqueza, entrecerrando sus ojos negros.

Yo me levanté sin retirar mi mano de sobre su corazoncito que seguía latiendo apresurado y estirándome hasta alcanzar su boca entreabierta traté de juntar con los míos sus labios rojos y húmedos.

Sentí que me pasaba la mano por el cuello y reteniendo su cabeza junto a la mía, me besaba sin contar cuántas veces lo hacía.

No sé lo que pasó por nosotros, solo recuerdo que cuando adquirimos conciencia de nuestra situación, nos hallábamos fuera del banco, envueltos entre las madreselvas de la glorieta, que nos embriagaban con la fragancia de las flores.

***

Y olvidamos la gran violeta crecida al reparo de la piedra, pero no la escena de la glorieta.

Todas las tardes íbamos a ella con pretexto de hacer nuestros ramos y la abandonábamos tras largo rato, llevando las flores tal como las habíamos traído.

Después, hombre yo y mujer ella, muchas veces nos hallamos en la glorieta querida con el mismo pretexto que cuando niños!

***

El destino nos separó y volví a verla recién la noche de su casamiento con mi tío Juan Alberto, coronada de blancos azahares.

Al verlos, recordé la glorieta verde del jardín de mi casa y por eso me impresioné tanto; por eso exclamé lo que siempre repito cuando veo una novia con su corona blanca.

— ¡Ah… los azahares!… representan la pureza.

AGUSTINE DE VILLEBLANCHE
O LA ESTRATAGEMA DEL AMOR

Marqués de Sade

De todos los desvíos de la naturaleza, el que más me ha hecho pensar, el que parecía más extraño a los seudofilósofos que quieren analizar todo sin entender nada —le dijo una vez a una de sus mejores amigas, la señorita de Villeblanche, a quien pronto tendremos la oportunidad de conocer—, es la extraña atracción que las mujeres de una rareza o temperamento particular sienten hacia personas de su mismo sexo. Y aunque mucho antes de la inmortal Safo,[4] y después de ella, no ha habido una sola región del universo, ni una sola ciudad que no nos mostrase este capricho y, por lo tanto, ante una evidencia tan convincente, parecería más razonable acusar de extravagancia a estas mujeres antes que de un crimen contra la naturaleza. Con todo, nunca han dejado de ser censuradas y, sin la ascendencia que siempre ha tenido nuestro sexo, quién sabe si un Cujas, un Bartole o un Luis IX no habrían tenido la idea de condenar a estas criaturas sensibles y desafortunadas a la hoguera, como hicieron con los hombres que compartían la misma tendencia y, por razones igualmente convincentes, creían que la unión de los sexos, tan útil para la reproducción, bien podría no ser de tanta importancia para el placer. Dios no quiera que

---

[4] Safo de Mitilene, conocida como Safo de Lesbos, fue una poetisa griega de la época arcaica. De sus poemas se interpreta su preferencia por el amor de las mujeres.

nos involucremos en todo esto, ¿verdad, querida? —continuó la bella Agustine de Villeblanche mientras le daba un beso revelador a su amiga—. Pero en lugar de hogueras y desprecio, en vez de sarcasmo, armas completamente contundentes en nuestro tiempo, ¿no sería infinitamente más fácil actuar en algo tan absolutamente indiferente a la sociedad, es decir, en armonía con Dios y más útil para la naturaleza de lo que uno podría pensar, que se dejara actuar a cada cual como le pareciese...? ¿Qué puede temerse de esta corrupción...? A cualquier persona verdaderamente inteligente le parecerá que puede prevenir cosas peores, pero nunca podrán demostrarme que tenga consecuencias peligrosas...

¡Oh, Dios mío! ¿Temen que los caprichos de estas personas de ambos sexos puedan acabar con el mundo, que pongan en peligro a la preciosa humanidad y que su presunto crimen la destruya al no multiplicarla? Que razonen y verán que todas estas pérdidas quiméricas son completamente indiferentes a la naturaleza, la cual no solo no las condena en absoluto, sino que nos muestra con mil ejemplos que las quiere y las desea; pues si estas pérdidas la irritaran, ¿las toleraría en tantos miles de casos? Si el derecho de nacimiento fuese tan importante para ella, ¿permitiría que una mujer fuese inadecuada para ella durante más de un tercio de su vida y que, al salir de sus manos, la mitad de los seres que produce tuviesen gestos que contradicen la procreación que dice reclamar? Más bien digamos que la naturaleza permite que las especies se multipliquen, pero no lo requiere en absoluto, y que, plenamente convencida de que siempre habrá más individuos de los necesarios, está lejos de contradecir las tendencias de aquellos que no practican la reproducción y les disgusta limitarse a ella. ¡Ah, dejemos actuar a esta excelente madre, convenzámonos de que sus recursos son inmensos, que nada de lo que hagamos puede indignarla, y que ese crimen que podría infringir sus leyes nunca podrá mancharnos las manos!

La señorita de Villeblanche, cuya lógica acabamos de conocer a partir de una muestra, era dueña de su destino a los veinte años, tenía unos ingresos de treinta mil libras y había tomado la decisión de no casarse nunca. Procedente de una familia respetable, sin ser famosa, era hija de un hombre que se hizo rico en la India, que había dejado solo un hijo, ella, y murió sin poder obligarla a casarse. No hace falta ocultar que era extremadamente dado a este tipo de inclinación por la que Agustine acababa de disculparse, que nacía del disgusto que le provocaba el matrimonio; ya sea por recomendación, por constitución orgánica o por el dictado de sangre (nació en Madrás), por la inspiración de la naturaleza, o por lo que sea que sea, la señorita de Villeblanche odiaba a los hombres y se dedicaba en cuerpo y alma a lo que los oídos castos entienden por la palabra lesbianismo. Solo lo disfrutó con su propio género y solo con las Gracias se desquitaba del desprecio que Amor le inspiraba.

Agustine era una verdadera descarriada para los hombres: alta, digna de un cuadro, con el cabello castaño más hermoso del mundo, una nariz ligeramente aquilina, dientes y ojos magníficos, tan expresivos y vibrantes…, con una piel de una blancura tan suave e incomparable, en resumen, todo el conjunto de un atractivo tan excitante… que era obvio que muchos hombres, al verla tan capaz de inspirar amor y tan decidida a no amar nunca, olvidaban su número infinito de sarcasmos contra un pasatiempo por lo demás simple, pero que, al privar a los altares de Pafos de una de las criaturas del universo mejor equipadas para servirlos , por supuesto aguijoneaba el sentido del humor de los sacerdotes de Venus. La señorita de Villeblanche se burlaba con mucho gusto de todas estas acusaciones, de todos estos comentarios maliciosos, y se mantenía tan apegada como siempre a sus caprichos.

La mayor locura —agregaba— es avergonzarse de las inclinaciones que hemos heredado de la naturaleza. Burlarse de cualquiera que tenga un gusto tan singular es tan bárbaro como lo sería burlarse de un hombre o una mujer que es tuerto o cojo de nacimiento, pero persuadir a los tontos de estos principios razonables es como intentar detener el curso de las estrellas. Es una especie de alegría para el orgullo burlarse de las faltas de las cuales carecemos, y este tipo de satisfacción es tan agradable para los humanos, especialmente para los necios, que es muy raro que renuncien a él… Además, todo esto se adecua a murmuraciones, frías ingeniosidades, juegos de palabras estúpidos y para la sociedad, es decir, para una colección de seres reunidos por el tedio y marcados por la estupidez. Es muy agradable hablar dos o tres sin decir jamás nada, tan delicioso brillar a expensas de los demás y denunciar condenándolo un vicio del que estamos muy lejos… Es una especie de alabanza tácita que nos damos a nosotros mismos. A este precio, incluso acordamos unirnos con otros para formar una cábala y destruir al individuo cuyo gran defecto es no pensar como la mayoría de los mortales, y volvemos a casa con orgullo por el ingenio que demostramos con tal comportamiento, cuando lo único que se ha demostrado es pedantería y crueldad.

Así pensaba la señorita de Villeblanche y estaba decidida a no cambiar nunca, se burlaba de los chismes, era lo suficientemente rica como para mantenerse, no le importaba su reputación y como deseaba una vida cómoda en lugar de bienaventuranzas celestiales, en las que creía poco, y mucho menos en una inmortalidad quimérica para ella, se rodeaba de un pequeño círculo de mujeres que pensaban como ella y con quienes la adorable Agustine se entregaba inocentemente a todos los placeres que la embargaban. Había tenido muchos pretendientes, pero todos habían tenido tan malos resultados que abandonaron esta conquista cuando un joven llamado Franville, más o menos de su misma posición y al menos tan rico como ella, se enamoró perdidamente y no solo no se cansó de sus desplantes, sino que decidió completamente en serio a no dar por finalizado su asedio hasta conquistarla. Informó a sus amigos sobre su proyecto, se rieron de él, lo retaron y él aceptó. Franville era dos años más joven que la señorita de Villeblanche. Apenas tenía barba y unos rasgos y el pelo más delicados del mundo, así como una figura hermosa. Cuando se vestía de niña, estaba tan bien con esa ropa que siempre se las arreglaba para engañar a ambos sexos y, muy a menudo, algunos seguían engañados y otros, que sabían muy bien lo que les gustaba, le habían hecho sugerencias tan concretas que un mismo día habría podido ser el Antínoo[5] de un Adriano o el Adonis de una Psique.[6] Franville pensó en seducir a la señorita de Villeblanche con este atuendo. Veamos cómo lo hizo.

Uno de los mayores regocijos de Agustine era vestirse de hombre en carnaval y participar en todas las reuniones con este disfraz tan de su gusto. Franville, que espiaba sus pasos y había tenido cuidado de no ser visto con demasiada frecuencia hasta ese momento, descubrió un día que su adorada estaría presente esa noche en un baile para los miembros de la ópera, al cual podrían entrar todas las máscaras y donde esta encantadora joven, según su costumbre, iría disfrazada de capitán de los dragones.[7] Se puso un vestido de mujer, hizo que se lo ajustasen, lo engalanó con sumo cuidado y distinción, se dio mucho pintalabios y ninguna máscara, y acudió en compañía de una de sus hermanas, mucho menos guapa que él, a la fiesta donde la bella Agustine probaría suerte.

[5]   Joven de gran belleza que fue el favorito y amante de emperador romano Adriano.

[6]   Hija del emperador de Anatolia de quien se enamoró el dios Eros (Cupido).

[7]   Unidad militar del siglo xvi en la que combatían soldados de infantería y caballería.

Apenas había dado tres paseos por el salón cuando la perspicaz mirada de Agustine lo descubrió de inmediato.

—¿Quién es esta hermosa joven? —le pregunta la señorita de Villeblanche a la amiga que iba con ella—. No creo haberla visto en ningún otro sitio antes. ¿Cómo ha podido escapársenos una criatura tan encantadora?

Apenas terminó de decir eso, Agustine ya estaba haciendo todo lo posible para trabar conversación con la falsa señorita de Franville, que primero huyó, se dio la vuelta, se evadió, escapó e hizo todo para que la deseasen con más entusiasmo. Finalmente, la abordó y algunos comentarios triviales dieron paso a la conversación que fue cobrando interés.

—Hace mucho calor en el baile —comentó la señorita de Villeblanche—. Dejemos a nuestras amigas y tomemos el aire en uno de esos pabellones donde se puede jugar y disfrutar de algo fresco.

—¡Ah! Caballero —dijo Franville a la señorita de Villeblanche, fingiendo que la creía un hombre—. Realmente no me atrevo. Estoy aquí sola con mi hermana, pero sé que mi madre vendrá con el esposo que me ha buscado, y si ambos nos viesen juntos, tendría consecuencias...

—Bueno, tienes que superar esos miedos infantiles... ¿Qué edad tienes, ángel cautivador?

—Dieciocho años, señor.

—¡Ah! Yo digo que a los dieciocho años ya debes tener derecho a hacer lo que quieras... Vamos, vamos y no te asustes.

Franville se dejó llevar

—Una criatura encantadora —continuó Agustine y llevó al joven, a quien tomaba por una jovencita, a los gabinetes que había junto al salón de baile—. ¿Qué? ¿De verdad te vas a casar? Cuánto me apenas... ¿Y quién es el hombre al que estás destinada? Apuesto a que es aburrido... ¡Ah, qué suerte tendrá este hombre y cuánto me gustaría encontrarme en su lugar! Por ejemplo, ¿aceptarías casarte conmigo? Responde honestamente, doncella celestial.

—Por desgracia, lo sabe usted muy bien. Pero ¿se pueden seguir los impulsos del corazón cuando se es joven?

—Bueno, rechaza a este hombre indigno. Juntos nos conoceremos de una manera más íntima y, si estamos hechos el uno para el otro, ¿por qué no podemos alcanzar un acuerdo? Gracias a Dios no necesito ninguna autorización... Aunque solo tengo veinte años, soy dueña de mi fortuna, y si pudieses hacer que tus padres decidieran a mi favor, tal vez dentro de ocho días, podríamos estar unidos por un lazo eterno.

Mientras así conversaban habían abandonado el baile y la hábil Agustine, que no acudía allí en busca del amor perfecto, se había ocupado de conducirlo a un gabinete muy apartado que siempre procuraba tener a su disposición gracias a las buenas artes de los anfitriones.

—¡Oh, Dios mío! —exclamó Franville cuando vio a Agustine cerrar la puerta del gabinete y sostenerla entre sus brazos—. ¡Oh, Dios mío! Pero ¡qué quiere hacer!... A solas usted y yo en un lugar tan apartado... Déjeme, déjeme, por favor, o gritaré socorro de inmediato.

—No te dejaré, ángel divino —respondió Agustine, posando su hermosa boca en los labios de Franville—. Grita ahora, grita si puedes, y el aliento más puro de tu aliento de rosa solo encenderá mi corazón aún más.

Franville se defendía con bastante flojedad. Es difícil enfadarse demasiado cuando se recibe el primer beso de todo lo que se adora en el mundo con tanta ternura. Agustine, alentada, atacada con un doble golpe, puso toda esa vehemencia que es conocida solo por mujeres encantadoras, llevadas de este tipo de fantasía. Pronto sus manos se perdieron. Franville interpretó a la mujer que cede y dejó que sus manos también se paseasen sin freno. Se quitaron toda la ropa y sus dedos fueron adonde ambos querían encontrar lo que tanto ansiaban. Entonces Franville cambió de papel repentinamente.

—Oh, Dios mío! —exclamó—. ¡Pero si eres una mujer!

—¡Criatura abominable! —agregó Agustine al posar su mano sobre ciertas cosas cuyo estado no permitía albergar la más mínima ilusión—. Y que todo este esfuerzo me haya servido para topar con un hombre despreciable... ¡Qué desgraciada debo ser!

—No más que yo a decir verdad —dijo Franville, disfrazándose de nuevo y mostrando el desprecio más profundo—. Llevo un traje que atraiga a los hombres. Me gustan y por eso los busco, y solo encuentro una p...

—¡Ah, no! ¡Una p... no! —respondió Agustine con malhumor—. En mi vida lo he sido. Cuando se odia a los hombres, no hay riesgo de que la traten a una de esa manera...

—Pero ¿cómo odias a los hombres si eres mujer?

—Sí, los odio y, mira tú por dónde, por la misma razón por la que eres tú hombre y odias a las mujeres.

—Solo se puede decir que este encuentro no tiene parangón.

—Me parece muy desafortunado —respondió Agustine con todos los síntomas del más sombrío estado de ánimo.

—En realidad, señorita, es aún más molesto para mí —repuso Franville con amargura—. Aquí estoy, sin honra para tres semanas. ¿Sabes que en nuestra orden juramos no tocar nunca a una mujer?

—Me parece que alguien como yo se puede tocar sin caer en la deshonra.

—A fe mía, pequeña —prosiguió Franville—, no veo ninguna razón en particular para hacer una excepción y no entiendo por qué un vicio debería hacerte más deseable.

—¡Un vicio...! Pero ¿cómo osas culparme de los míos siendo tan abominables los tuyos?

—Escucha —dijo Franville—, no peleemos, estamos iguala-dos; lo mejor es decirnos adiós y no vernos nunca más.

Y con estas palabras fue a abrir las puertas.

—Un momento, un momento —exclamó Agustine y le impi-dió hacerlo—. Apuesto a que les contará a todos nuestra aven-tura.

—Quizá así me lo pase bien.

—Y, por otro lado, ¿qué más me da? Gracias a Dios, me siento por encima de las habladurías. Salga, señor, salga y diga lo que quiera —y reteniéndolo de nuevo—: Ya sabe —dijo con una sonrisa— que todo esto es realmente extraordinario... Ambos nos equivocamos.

—¡Ah!, pero el error es mucho más cruel —dijo Franville— para las personas que tienen gustos como los míos que para las personas que comparten los suyos... y es que ese vacío nos dis-gusta.

—Para ser honesta, querido amigo, puede estar bastante seguro de que lo que ofrece nos aleja del todo, ya que el asco es el mismo, pero no se puede negar, ¿verdad?, que la aventura ha sido divertidísima. ¿Volverá al baile?

—No lo sé.

—Yo no voy a volver —respondió Agustine—. Me ha hecho descubrir algunas cosas... tan desagradables... que me voy a dormir.

—Creo que eso está muy bien.

—Pero mira que ni siquiera es lo bastante galante como para darme el brazo hasta mi casa. Vivo a un tiro de piedra, no he traído mi coche y así es como me va a dejar.

—No, me encantaría ir con usted —dijo Franville—. Nuestras inclinaciones no nos impiden ser educados... Quiere mi mano... pues aquí la tiene.

—Solo acepto porque no puedo encontrar nada mejor. Algo es algo.

—Puede estar absolutamente segura de que solo la ofrezco por simple caballerosidad.

Llegaron a la puerta de la casa de Agustine y Franville estaba a punto de despedirse.

—Es realmente encantador —dijo la señorita de Villeblanche—, pero ¿cómo me deja en la calle?

—Mil perdones —se disculpó Franville—, no osaría tal cosa.

—¡Ah! ¡Qué ásperos son estos hombres a los que no les gustan las mujeres!

—Es que —comenzó Franville, dándole la mano a la señorita de Villeblanche—, ya sabe, señorita, quiero volver al baile lo antes posible y tratar de remediar mi estupidez.

—¿Estupidez? ¿Sigue molesto por haberme conocido?

—No he dicho eso, pero ¿no es cierto que ambos podríamos encontrar algo mucho mejor?

—Sí, tiene razón —respondió Agustine antes de entrar en la casa—. Tiene toda la razón, señor, pero sobre todo... porque me temo que este oscuro encuentro me hará feliz el resto de mi vida.

—¿Es que no está segura de sus sentimientos?

—Ayer lo estaba.

—¡Ah! No se aplica sus propias máximas.

—No me aplico nada y usted me pone nerviosa.

—Bueno, me voy, señorita, me voy. Dios no quiera que siga molestando.

—No, quédese, se lo ordeno. ¿Será capaz de soportar, al menos una vez en su vida, obedecer a una mujer?

—No hay nada que no haría para complacerla —dijo Franville mientras tomaba asiento—, ya he dicho que soy galante

—¿Sabe lo horrible que es tener esos gustos tan perversos a su edad?

—¿Y cree que es decente tener otros tan singulares a la suya?

—¡Oh!, es muy diferente, para nosotras es una cuestión de modestia, de discreción…, incluso orgullo, si quiere llamarlo así; es el miedo a entregarse al sexo que nunca nos seduce más que para esclavizarnos… Mientras tanto, los sentidos se despiertan y nos arreglamos entre nosotras. Aprendemos a comportarnos con discreción, se adquiere una pátina de moderación que a menudo es obligada, y así se satisface la naturaleza, se mantiene la decencia y no se atacan las costumbres.

—Esto se llama un perfecto sofisma, se pone en práctica y sirve para justificarlo todo. ¿Y qué tiene para que no podamos invocarlo también a nuestro favor?

—En absoluto; sus prejuicios son tan diferentes que no pueden albergar los mismos temores. Su triunfo radica en nuestra derrota… Cuantas más conquistas, mayor será su fama, y solo a través del vicio o la depravación pueden evitar los sentimientos que les inspiramos.

—Realmente creo que me va a convertir.

—Eso es lo que quiero.

—¿Y qué ganaría si usted persiste en el error?

—Lo agradecería mi sexo y, dado que me encantan las mujeres, me encantaría poder trabajar para ellas.

—Si el milagro se obrase, sus efectos no serían tan trascendentales como cree. Estaría dispuesto a convertirme por una mujer como máximo para probar.

—Es un principio saludable.

—Es cierto que hay cierta prevención cuando se toma un partido sin probar los demás.

—¡Cómo! ¿Nunca ha estado con una mujer?

—Nunca y usted... ¿podría ofrecer primicias absolutas como esta?

—¡Oh, no! Las mujeres con las que vamos son tan hábiles y celosas que no nos dejan nada... Pero nunca he estado con un hombre en mi vida.

—¿Es un juramento?

—Sí, y no quiero conocer a ninguno ni estar con ellos a menos que sean tan especiales como yo.

—Me arrepiento de no haber pedido el mismo deseo.

—No creo que pueda ser más insolente...

Y con estas palabras, la señorita de Villeblanche se levantó y le dijo a Franville que podía irse. Nuestro joven amante, sin perder la compostura, se inclinó profundamente y estaba a punto de irse.

—Va a volver al baile, ¿no? —preguntó la señorita de Villeblanche y lo miró con desprecio, mezclado con el amor más apasionado.

—Bueno, creo que ya se lo he dicho.

—Así que no es digno del sacrificio que le ofrezco.

—¡Cómo! Pero ¿ha hecho sacrificios por mí?

—Nunca podré hacer nada después de haber tenido la desgracia de conocerlo.

—Me obliga a usar esa expresión. Solo dependería de usted que pudiera usar una completamente diferente.

—¿Y cómo combinaría todo eso con sus inclinaciones?

—¿Qué es lo que no se abandona cuando se ama?

—Está bien, pero sería imposible que usted me amase.

—Por supuesto, si quiere mantener hábitos tan desafortunados como los que he descubierto en usted.

—¿Qué pasaría si los desecho?

—De inmediato sacrificaría los míos en el altar del amor... ¡Ay! Criatura traicionera, ¡cuánto le cuesta a mi gloria esta declaración y me la has arrebatado! —exclamó Agustine, que prorrumpió en sollozos y cayó en un diván.

—Acabo de escuchar la confesión más halagadora que puedo recibir de los labios más hermosos del universo —dijo Franville, cayendo a los pies de Agustine—. ¡Oh!, objeto venerado de mi más tierno amor, reconozca mi pretexto y elija no castigarlo. A sus pies, imploro su misericordia y, por lo tanto, así permaneceré hasta que me perdone. A su lado, señorita, tiene el amante más constante y apasionado. Pensé que esta estrategia era necesaria para superar un corazón al que sabía cómo resistir. ¿Lo he conseguido, hermosa Agustine? ¿Va a negar a un amor sin vicios lo que declaró al amante culpable..., culpable? Soy... culpable de lo que usted pensaba... ¡Ah! ¿Cómo puede pensar que el alma de una persona que se consume por usted pueda tener una pasión impura?

—¡Traidor!, me has engañado..., pero te perdono... Sin embargo, así no tienes nada que sacrificar y mi orgullo se sentirá menos halagado. Pero no importa, sacrificaré todo por ti... ¡De acuerdo! para complacerte, con mucho gusto renuncio a los errores a los que nuestra vanidad nos lleva casi tanto como nuestros gustos. Ahora me doy cuenta de que la naturaleza lo requiere. La he asfixiado con extravíos de los que ahora abjuro con toda mi alma. No se puede resistir a su fuerza. Nos creó solo para vosotros. Ella solo os ha formado para nosotras. Observemos sus leyes, la voz del amor me lo revela hoy, y para mí son sagradas. Aquí está mi mano, señor, eres un hombre de honor y digno de mí. Si pude perder tu aprecio por un momento, la atención y la ternura podrían ayudarme a reparar mis errores, y te mostraré que los de la imaginación no siempre logran degradar un alma bien nacida.

Franville, logrados sus deseos, inundó con lágrimas de felicidad las hermosas manos que tenía entre las suyas. Se levanta y se lanza a los brazos que se le abren:

—¡Oh!, es el día más feliz de mi vida —exclamó—. ¿Hay algo comparable a mi triunfo? Devuelvo al seno de la virtud, un corazón en el que reinaré para siempre.

Franville besó mil veces el objeto divino de su amor y se despidieron. Al día siguiente, comunicó su felicidad a todos sus amigos. La señorita de Villeblanche era demasiado hermosa para que sus padres se lo impidiesen, y se casó con ella esa misma semana. La ternura, la confianza, la ponderación y la más estricta modestia coronaron su matrimonio y, cuando se convirtió en el más feliz de todos los mortales, fue lo suficientemente hábil como para convertir a la muchacha más libertina en la esposa más leal y virtuosa.

LA RECETA

Felipe Trigo

Terminada la consulta, pude entrar en el despacho, donde mi buen amigo el doctor se ponía el abrigo y el sombrero para nuestro habitual paseo; pero el criado entreabrió la puerta.

—¿Más enfermos? ¡Estoy harto! Que vuelvan mañana.

—Traen esta tarjeta —contestó el criado, entregándola.

Y debía ser decisiva, porque Leandro la tiró sobre la mesa, volvió a quitarse el gabán y gritó malhumorado:

—Que pasen.

Dirigiéndose a mí, que me disponía a dejarle solo, añadió:

—No; espera ahí, tras el biombo. Concluiré a escape.

El biombo ocultaba un ancho sillón de reconocimiento. Me senté y saqué un periódico, viendo que el concienzudo médico alargaba la visita, a pesar de su promesa. Eran señoras.

Con ellas había inundado el despacho un fuerte olor a Floramy que se sobrepuso al del ácido fénico. Sus voces bien timbradas me distraían, y no pudiendo leer, escuché.

—Doctor, mi hija está cada día más delgada, sin saber por qué. Come poco, duerme mal y va quedándose blanca como la cera. Se cansa, se cansa esta niña, que era antes infatigable. Reconózcala bien, y dígame con claridad lo que padece. Estoy dispuesta a seguir un plan con el rigor necesario…

—¿Qué edad tiene usted?

—Veintitrés años —replicó tímida la joven.

Francamente, al oírla yo, me entró un vivo deseo de mirarla, a fin de comprobar si delante de los médicos, en cuestión de edades, no mienten las mujeres... Enfilé un resquicio entre dos hojas del biombo... ¡Oh, qué deliciosa criatura! ¡Qué hermoso pelo de ébano bajo el sombrero de paja! Alta y esbeltísima, muy pálida, con los dientes como perlas entre los labios pintados, sin duda. Si mentía, merecía disculpa en gracia a su hechicero aspecto; y por mi parte diré que mi curiosidad, en cierto modo psicológica, quedó borrada por mi admiración, en cierto modo artística. La contemplé buen rato, sin parar mientes en el interrogatorio, al que contestaba la madre casi siempre... Pero comprendí de improviso que no debía seguir mirando. La encantadora chiquilla se desnudaba... Su mamá habíale quitado el sombrero y la estola, ayudándola a descorchetar el corpiño de seda, tirándola de las mangas después, en tanto que el feliz doctor —¡felices los doctores que pueden ver estas cosas!— distraíase discretamente preparando el estetoscopio... ¡Qué diablo, perdóneseme la indiscreción! Resolví quedarme atisbando... ¿Tenía yo la culpa?...

—Cuando guste —avisó la madre.

Al quitárseme de delante, vi a la joven en corsé, un pequeño y coquetón corsé de raso color caña, desajustado como la cintura de la falda, al aire los brazos y desabrochado en el hombro izquierdo el canesú de encaje. Una garganta ideal, un escote divino.

La seductora enferma, ruborosa y con una mano extendida sobre el pecho, no conseguía así más que revelar la exuberancia de sus senos, hundiendo entre ellos la finísima y blanca tela. ¡Delgada, decían! Aunque sí; era una de esas mujeres pasionales, delgadas con delgadez flexible, hecha para el amor, de brazos finos y seguramente de muslos más gruesos que la cintura.

El médico se acercó y empezó a auscultarla con atenta indiferencia, oprimiendo de un modo que me parecía brutal, en la carne de nieve el negro caucho del aparato, escuchando en todas partes mientras que la joven entornaba los ojos y entreabría la boca respirando con creciente adorable angustia. Contestaba rápida las breves preguntas del doctor, y éste, interesado de pronto por algo anómalo que quería percibir mejor en la punta del corazón, separó la camisa para volver a aplicar el estetoscopio... Por encima surgía redondo y desnudo un bellísimo seno de estatua...

Ella cerraba los ojos, caída al respaldo la cabeza en languidez que a mí, profano, siendo de enferma, se me antojaba de amante... Él cerraba los ojos también; atento siempre, inmutable, si bien hubiese yo jurado que hubo un momento en que le vi sonreír con piedad y malicia.

—¿Es aquí donde más sufre?

—Sí —gimió la muy gentil, sintiendo que el joven doctor le posaba en el corazón la mano.

Y alzó a él los ojos, con fijeza de suplicio, casi estrábicos.

—Puede usted vestirse.

Inmediatamente mi amigo fue a tomar notas en su diario de consulta, hasta que la señora concluyó de ayudar a su hija.

Tornó entonces a sentarse cerca.

—Van ustedes a dispensar que me informe de algunos detalles.

—Un médico es un confesor, caballero —apuntó la dama, completamente ganada por la actitud beatífica de Leandro.

—¿Tiene novio?

—Sí. ¡Cosas de muchachos! Ha tenido novios... Se vistió de largo muy joven, a los quince años... y lo tiene ahora, según creo; pero esto no le preocupa, que yo sepa al menos... ¿Verdad, Purita? ¿Te da disgustos Marcial?

—No, mamá, ninguno; tú lo sabes.

—¿Por qué, pues, se desvela? ¿Tiene usted algún deseo no realizado? ¿Hay en sus ensueños alguna idea fija, dominante? ¿Qué suele soñar?

—¡Oh, nada! Tonterías. Mamá... dice que es por la debilidad.

La cariñosa madre intervino nuevamente.

—Se acuesta tarde. Noches de dejar a las amigas a las tres, después de bailar como una loca. Yo creo que la desvela el mismo cansancio, porque no hay otro motivo, y en casa no se le da el disgusto más leve. Es un delirio por el baile, la chiquilla.

—¿Y quiere usted mucho al novio?

Aquí sonrió Purita por única respuesta.

—¿Son antiguas las relaciones?

—Tres años.

—¿No quiere casarse? ¿Por qué no se casan?

—¡Bah, no, doctor! —saltó la madre—. ¡No piense usted que la apena eso! Mi hija es una chiquilla completa, que no se separaría de sus padres por nada del mundo, y que prefiere su casa y su piano y su espejo a todo. Su novio es un trasto, como ella: un chico de veinticuatro años, que tardará cuatro o seis en llegar a capitán, siquiera. Sería locura pensarlo.

—Sin embargo, puede que su hija, por respeto...

—¡Oh, no, no! —interrumpía testaruda la madre—. Sobre esto, doctor, quede tranquilo. ¡Nada influye en la enfermedad, que, por el contrario, sería ahora un obstáculo más para la boda! Habrá que pensar primero en cuidarse. Mi hija, y su novio igualmente, están demasiado hechos a las comodidades de sus casas para tomar otra que no podría ser, hoy por hoy, un palacio, con treinta y siete duros al mes...

Por segunda vez advertí en mi amigo una sonrisa, más francamente amarga al alejarse de las damas.

Entregó luego una receta, diciendo displicente:

—Se trata de un padecimiento funcional, de puro desequilibrio nervioso. Anemia... Quince gotas de ese elixir en cada comida, ejercicio, aire libre... pero nada de campo ni de aislamiento para esta señorita; sería peor... y... a su edad no hay inconveniente alguno en casarla, señora.

Todavía tres docenas de palabras entre cumplidos y seguridades acerca de que la enferma tenía sano el corazón y el pecho, y concluyó la consulta.

Yo salí alborotadamente en cuanto se cerró la puerta.

—¡Bendita carrera, chico, que te permite contemplar tales encantos!

Y contra lo que esperaba, contestó indignado el médico:

—¡No! ¡Maldita carrera, que me obliga a contemplar tales miserias! ¡Esa divina criatura morirá tísica antes que su novio ascienda!... Yo he podido decirle a la madre: «Imbécil, tu hija no tiene falta de vida, sino vida que le sobra, que la abrasa, que la ahoga una y mil veces desde los quince años, agitándola enloquecida de ansia de amor, al volver del baile a su lecho solitario de odiosa virgen, contemplando su hermosura inútil... mientras que el novio, que la enciende, va a concluir la noche encima de alguna prostituta». Y ya lo ves: hierro, gotas de hierro, y cobrar diez duros; porque si yo les diese la verdadera receta, a las madres, para estas pobres vírgenes... y mártires, ya hace tiempo que pasaría por un loco sinvergüenza y no vendría nadie a mi consulta. ¡Oh, qué farsa es la vida!

LA DONCELLA DE TILHOUZE

Honoré de Balzac

El señor de Valesnes, un paraje pintoresco cuyo castillo está cerca de la aldea de Tilhouze, había desposado a una dama que, por gusto o disgusto, agrado o desagrado, enfermedad o salud, tenía a su buen marido sin probar las dulzuras y melosidades estipuladas en todo contrato matrimonial. Para ser justos, debemos decir que el señor era un varón feo y sucio, siempre ocupado en cazar fieras, y menos divertido que el humo en un aposento. Y por añadidura, el tal cazador muy bien tenía ya sesenta años, de los cuales no hablaba nunca, como la viuda del ahorcado no mentaba la horca. Pero la naturaleza, que nos llena de inválidos y feos, sin tenerlos en más estima que a los hermosos, pues, como los que trabajan la tapicería, no sabe lo que hace, proporciona el mismo apetito a todos y un idéntico gusto a todos por el potaje. Así, por ley natural, cada bestia encuentra su caballeriza. De ahí la máxima «No hay olla, por fea que sea, que no encuentre su tapadera».

El señor de Valesnes buscaba en todas partes hermosas ollas que tapar y, en ocasiones, sin dejar de correr tras la pieza, perseguía también a las mujeres. Sin embargo, sus tierras estaban desprovistas de esta caza y era complicado dar con una virginidad.

Sin embargo, de tanto husmear y rebuscar, el señor de Valesnes supo que en Tilhouze vivía la viuda de un tejedor, quien

47

tenía un auténtico tesoro en la persona de una joven de dieciséis años, de la que jamás se había apartado y a quien acompañaba hasta el gabinete del trono, dando muestras de gran previsión maternal. También la acostaba en su propia cama. La vigilaba, le hacía levantarse de madrugada, la empleaba en trabajos para ganarse muy bien ocho sueldos entre ambas cada jornada y, llegada la fiesta, la llevaba a descansar a la iglesia, sin dejarle casi tiempo para cambiar una palabra jocosa con los mozos. Y era incluso más difícil alcanzar con la mano a la doncella.

Pero eran tiempos tan duros que la viuda y su hija solo tenían el pan necesario para no morir de hambre. Además, como vivían con unos parientes pobres, a veces en invierno carecían de leña y de ropas en verano, de manera que debían tal cantidad de alquileres que habría asustado a un alguacil, y eso que ellos no se asustan fácilmente de las deudas ajenas. Así pues, mientras la joven crecía en belleza, la viuda lo hacía en miseria y se iba endeudando con la castidad de su hija, igual que un alquimista hace con su crisol en el que lo funde todo.

Conocedor de todo lo referente a estas personas, un día lluvioso, el señor de Valesnes se presentó en la cabaña de las dos mujeres y, para secarse, envió a buscar leña al bosque cercano. Luego, se sentó en un escabel entre las dos mujeres mientras esperaba la leña.

Veía el dulce rostro de la doncella de Tilhouze en la semipenumbra de la estancia: sus hermosos brazos, torneados y recios; sus pechos, duros como fortalezas que protegiesen su corazón del frío; su bien formado talle y el lozano y atrayente conjunto de su hermosura. Tenía los ojos de un azul ingenuo y la mirada más cándida que la de la Virgen, pues estaba menos adelantada que ella, ya que no había alumbrado todavía ningún hijo.

A quien le hubiese preguntado: «¿Quiere que lo hagamos?», le habría respondido: «¿Cómo? ¿Por dónde?». Así de ingenua era y tan poco al corriente estaba de la vida. De este modo el

48

buen señor se retorcía en su escabel, husmeaba a la joven y se dislocaba el cuello para alcanzar algo que nadie le había ofrecido.

La madre, que lo veía, no decía una palabra, por miedo al viejo señor, que lo era de toda la comarca.

Cuando la leña empezó a arder en el hogar:

—¡Ajajá! —dijo el de Valesnes a la madre—. Esto calienta tanto como los ojos de su hija.

—Es posible, señor —repuso ella—; pero nada podemos cocer con ese fuego…

—Sí—contestó el anciano.

—¿Cómo?

—Amiga mía, preste su hija a mi mujer, que necesita una sirvienta, y os daremos dos haces de leña todos los días.

—¡Ah, señor! ¿Qué calentaré yo en ese buen fuego?

—¿Qué? —respondió el viejo libidinoso—. Buenos guisos, porque os daré una renta de una fanega de trigo por estación. Además, para que no viváis en esta choza, os dejaré una de mis casas.

—Señor —dijo la madre—, si no se ríe de nosotras, quisiera que esos donativos fuesen otorgados ante notario.

—¡Por la sangre de Cristo y lo más bello de vuestra hija! ¿Es que no soy un hidalgo? Mi palabra debe ser suficiente.

—¡Ah! No lo niego, señor; pero tan cierto como que soy una pobre hilandera, adoro a mi hija y me cuesta separarme de ella. Es muy joven y débil todavía, y se echaría a perder sirviendo. Ayer, en el púlpito, el señor cura nos dijo que responderemos de nuestros hijos ante Dios.

—¡Ta, ta! —exclamó el señor—. Ve a buscar al notario.

Un viejo leñador fue en busca del fedatario, que redactó de inmediato un contrato, al pie del cual el señor de Valesnes, que no sabía escribir, estampó una cruz. Cuando todo estuvo sellado y firmado:

—¿Qué me dice, mujer? —exclamó el viejo libidinoso—. ¿No responde a Dios de la doncellez de vuestra hija?

—¡Ay, señor! El cura añadió: «Hasta la edad de la razón»; y mi hija es muy razonable.

Entonces, se volvió hacia ella:

—Marie Friquet—le dijo—, la honra es lo más preciado que tienes. Allí donde vas, todos sin excepción, hasta el señor, querrán quitártela; pero ¡bien sabes ya lo que vale! Así pues, no te deshagas de ella más que con su cuenta y razón. Y para no mancillar tu virtud ante Dios y ante los hombres (salvo que haya motivos legítimos), procura que la cosa vaya acompañada de matrimonio o no irás bien.

—Eso haré, madre —dijo la doncella.

Y salió inmediatamente de la pobre casa materna y fue al castillo de Valesnes, para servir en él a su dueña, que la halló preciosa y de su gusto.

Cuando los habitantes de la comarca se enteraron del alto precio dado a la doncella de Tilhouze, las buenas aldeanas, viendo que nada era tan útil como la virtud, trataron de criar y educar a sus hijas para doncellas. Sin embargo, el oficio fue tan caro como el de criar gusanos de seda, tan expuestos a morir, pues la virginidad es como los nísperos, que enseguida maduran sobre la paja.

Con todo, hubo algunas doncellas famosas en Turena que pasaron por vírgenes en todos los conventos de frailes, extremo del que yo no podría responder al no haberlas examinado como indica Verville para reconocer la virtud sin tacha de las jóvenes. Marie Friquet siguió el prudente consejo de su madre y no quiso oír ninguno de los dulces requiebros, palabras mendaces y arrumacos de su amo sin pasar antes por la vicaría. Cuando el viejo libidinoso hacía ademán de abrazarla, ella se enfurecía como una gata que ve acercarse un perro y gritaba: «¡Se lo diré a la señora!»

Recapitulando, que al cabo de seis meses, el señor no se había cobrado el precio de un solo haz de leña. A todas sus peticiones, la Friquet, cada vez más firme y dura, respondía con negativas. Un día le dijo:

—¿Me lo devolveríais tras habérmelo quitado?

Y otra:

—Aun cuando tuviese más agujeros que un cernedor, ni uno solo sería para usted de tan feo como lo considero.

El viejo tomaba estos proverbios populares por flores de virtud y no cejaba en su empeño. Y es que de tanto ver el abultado pecho de la joven y sus rollizos muslos, que se dibujaban en relieve con determinados movimientos, de tanto admirar otras cosas capaces de hacer pecar al más santo, el hombre se había prendado de ella con la pasión de un viejo, más obstinada que la de los jóvenes. Para no dar motivos de negativa a aquella endiablada joven, el señor habló con su despensero, hombre de más de setenta años, y le indicó que debía casarse con Marie Friquet. El viejo servidor, que había ganado trescientas libras de renta en los distintos oficios desempeñados en la casa, quería vivir en paz sin volver a abrir sus puertas delanteras. Sin embargo, como el señor le aseguró que no tendría que preocuparse de su mujer, el agradecido anciano accedió a casarse.

El día del matrimonio, Marie Friquet, ya sin pretextos y no pudiendo objetar nada a su perseguidor, se hizo dar una buena dote y una renta por su desfloramiento. Logrado esto, dio permiso al viejo libidinoso para que se acostase con ella cuanto quisiese, prometiéndole tantos buenos ratos como granos de trigo él había regalado a su madre, si bien a su edad le bastaba con poco.

Celebrado el himeneo, una vez en la cama su mujer, el viejo se encaminó hacia el aposento, muy lujoso y adornado, en donde lo aguardaba la joven, a la cual había sacrificado sus rentas, su leña, su casa, su trigo y su viejo servidor.

En pocas palabras, le pareció la doncella de Tilhouze la joven más hermosa del mundo a la luz del fuego que ardía en la chimenea, bien arropada entre las sábanas, exhalando un dulce aroma a virginidad. Tanto fue así que, en un primer momento, no sintió cuánto le había costado aquella joya. Luego, no pudiendo retrasar más el instante de catar los primeros bocados de aquel manjar digno de reyes, el señor se dispuso a paladearlo como un consumado sibarita. Pero héteme aquí que el bendito, por exceso de glotonería, tiembla, resbala y no puede consumar el grato ejercicio amoroso. Al ver aquello, transcurridos unos instantes, la buena moza dijo inocentemente a su caballero:

—Señor, si como creo, está ahí, si lo desea, dé un poco más de vuelo a sus campanas.

Debido a esta frase, que no sé cómo se hizo pública, Marie Friquet adquirió un gran renombre y aun decimos entre nosotros: «¡Es una doncella de Tilhouze!», cuando se quiere insultar a una recién casada y para designar a una «friqueta». («Friqueta» es una mujer que no deseo encontréis en vuestra cama la noche de bodas, salvo que seáis un filósofo que desdeña estas cosas.) Y hay muchos que deben mostrarse estoicos en esta ingrata coyuntura, la cual se presenta muy a menudo, pues la tierra gira, pero no cambia, y siempre habrá en todas partes doncellas de Tilhouze.

Y si ahora me preguntaseis cuál es y dónde está la moraleja de esta historia, podría bien responder a las señoras que mis relatos están compuestos más para enseñar la moral del placer que para procurar el placer de hacer moral.

Ahora bien, si me preguntase un viejo impotente, le diría, con el debido respeto a sus canas o a su peluca, que Dios quiso castigar al señor de Valesnes por tratar de comprar una cosa que fue hecha para ser entregada.

MARROCA

Guy de Maupassant

Amigo mío, me has pedido que te enviase mis opiniones, mis aventuras, y sobre todo mis historias amorosas en esta tierra africana que desde hace tanto tiempo me atraía. Te desternillabas ya de antemano de mis ternuras negras, como tú las denominabas; y me veías de vuelta con una mujerona de ébano tocada con un pañuelo amarillo y cimbreándose con brillantes ropas.

Ya les llegará la vez a las morenazas, sin lugar a duda, pues he visto algunas que han hecho que desee empaparme en esa tinta. Sin embargo, he tropezado para mi estreno con algo mejor y especialmente original.

Me has escrito, en tu última carta:

«Cuando sé de qué modo se ama en un país, lo conozco para describirlo, aunque no lo haya visto nunca». Pues debes saber que aquí se ama con pasión. Desde los primeros días, se siente una especie de tembloroso ardor, una agitación, una violenta tensión de los deseos, un nerviosismo que recorre la yema de los dedos, que sobreexcitan hasta la exasperación nuestras fuerzas amorosas y todas nuestras facultades de sensación física, desde el solo contacto de las manos hasta esa necesidad indecible que nos hace cometer tantas tonterías.

Vamos a entendernos. No sé si lo que llamáis amor del corazón, amor de las almas, si el idealismo sentimental, el platonismo, puede existir bajo este cielo y hasta lo dudo. Pero el otro amor, el de los sentidos, que tiene su lado bueno y muy bueno, es realmente terrible en este clima. El calor, esa quemazón constante del aire que enciende, estas sofocantes explosiones del sur, estas olas de fuego del gran desierto, tan cercano, este pesado siroco, más devastador y abrasador que las llamas, el fuego eterno de todo un continente quemado hasta las piedras por un sol gigante y devorador, queman la sangre, vuelven loca la carne, embrutecen.

Pero llego a mi historia. No te cuento nada de mi primera etapa en Argelia. Tras haber visitado Bona, Constantina, Biskra y Sétif, fui a Bugía por las gargantas del Chabet y un camino sin comparación entre los bosques de Cabilia, que discurre junto al mar dominándolo desde doscientos metros, y zigzaguea siguiendo la alta montaña, hasta este maravilloso golfo de Bugía, tan bello como el de Nápoles, como el de Ajaccio y como el de Douarnenez, los más hermosos que conozco. No incluyo en mi comparación esa increíble bahía de Porto, ceñida de granito rojo y habitada por los fantásticos y sangrientos gigantes de piedra llamados «Calanche» de Piana, en la costa occidental de Córcega.

De lejos, muy de lejos, se divisa Bugía antes de flanquear la gran bahía donde duerme el agua en calma. Está construida en las pendientes abruptas de un alto monte y la coronan bosques. Es una mancha blanca en esa ladera verde. Es como la espuma de una cascada que se precipita al mar.

Apenas puse los pies en esta diminuta ciudad encantadora, supe que me quedaría mucho tiempo. Los ojos abarcan por todas partes un verdadero círculo de cimas arqueadas, dentadas, picudas y raras, tan cerrado que casi no se ve el mar abierto, y la bahía parece un lago. El agua azul, de un tono lechoso, es de una admirable limpidez; y el cielo índigo, de una textura azur espeso, como si le hubiesen dado dos manos de pintura, extiende su extraordinaria belleza sobre él. Parecen mirarse entre sí y reflejarse mutuamente.

Bugía es la ciudad de las ruinas. Al llegar, se ven en el muelle unos restos magníficos, como de ópera. Es la vieja puerta sarracena, comida por la hiedra. En los accidentados bosques que rodean la ciudad, ruinas por doquier, restos de murallas romanas, pedazos de monumentos sarracenos, vestigios de edificaciones árabes.

Había alquilado en la parte alta una casita moruna. Ya conoces esas viviendas, que se describen con tanta frecuencia. Carecen de ventanas a la calle, pero están iluminadas de arriba abajo por un patio interior. En el primer piso hay una amplia sala fresca para pasar los días y, encima de todo, un terrado para pasar las noches.

Pronto me adapté a las costumbres de los países cálidos, esto es, a dormir la siesta después de almorzar. Es la hora sofocante de África, cuando no se respira, la hora en que las calles, las llanuras y las largas carreteras cegadoras están vacías, cuando todos duermen, o al menos lo intentan, con la menos ropa posible.

Yo había puesto en mi sala de columnitas de arquitectura árabe una acogedora otomana cubierta de tapices de Djebel-Amour. Me tumbaba allí más o menos como vine al mundo, pero apenas podía descansar, torturado por mi mesura.

¡Oh!, amigo mío, existen dos torturas en esta tierra que no te deseo que conozcas: la escasez de agua y la de mujeres. ¿Cuál es peor? No lo sé. En el desierto, se cometería cualquier ofensa por un vaso de agua clara y fresca. ¿Qué no se haría en algunas ciudades costeras por una joven guapa, frescachona y sana? ¡Pues no faltan las jóvenes en África! Al contrario, abundan;

pero, sin dejar mi comparación, son todas tan dañinas y podridas como el líquido cenagoso de los pozos saharianos.

Sin embargo, un día en que estaba más nervioso de lo habitual, que trataba en vano de pegar ojo y las piernas me vibraban como si me pinchasen por dentro, en que una angustia inquieta me hacía dar vueltas sin cesar en mi otomana, finalmente no pude aguantar más, me levanté y salí.

Era una tarde tórrida de julio. Se habría podido cocer pan en los adoquines de las calles. La camisa, empapada casi de inmediato, se pegaba al cuerpo. En el horizonte flotaba una leve calima blanca, ese vaho ardiente del siroco, que parece calor palpable.

Fui hacia el mar y, rodeando el puerto, seguí la orilla a lo largo de la hermosa bahía donde están los baños. La montaña escarpada, tapizada de matorrales, de altas plantas aromáticas de fragancias penetrantes, se redondea en círculo alrededor de esta cala donde se bañan grandes rocas pardas a lo largo de la orilla.

No había nadie fuera. Nada se movía. No se percibía un grito de animal, ni el vuelo de un ave, ni un ruido, ni un chapoteo siquiera, pues hasta el mar quieto parecía entumecido por el sol. Pero en el aire abrasador me pareció percibir una especie de zumbido de fuego.

Entonces, detrás de una de las rocas medio ahogadas en la onda silenciosa, entreví un ligero movimiento y, volviéndome, distinguí a una chica alta y desnuda. Sumergida hasta los pechos tomaba un baño creyéndose completamente sola en aquella hora de fuego. Giraba la cabeza hacia el mar abierto y saltaba suavemente, sin verme.

Nada había más asombroso que este cuadro: aquella beldad en el agua límpida como el cristal, bajo la luz cegadora. Pues era magníficamente bella, la mujer, alta, formada como una estatua.

Se giró, lanzó un grito y, nadando un poco y andando otro poco, se ocultó por completo detrás de su roca.

Como tenía que salir, me senté en la orilla a aguardar. Mostró entonces muy despacio su cabeza cubierta de cabello negro sujeto de cualquier forma. Su boca era ancha, sus labios eran gruesos y llenos, sus ojos enormes, descarados, y toda su carne un poco atezada por el clima parecía de marfil antiguo, firme y suave, de buena raza, teñida por el sol de los negros.

Me gritó: «Fuera». Su voz llena, un poco fuerte como toda ella, tenía un tono gutural. No me moví. Añadió entonces: «No está bien que se quede ahí, señor». En su boca, las erres rodaban como carretillas. No me moví de donde estaba. La cabeza desapareció.

Transcurrieron diez minutos y el cabello, después la frente y a continuación los ojos se mostraron de nuevo con lentitud y prudencia, como hacen los niños cuando juegan al escondite para observar a quien los busca.

Esta vez tenía un aspecto furibundo y gritó: «Va a hacerme enfermar. No me iré mientras esté usted ahí». Entonces me levanté y me marché, aunque girándome con frecuencia. Cuando creyó que estaba lo bastante lejos, salió del agua medio agachada, dándome la espalda, y se ocultó en un hueco de la roca, tras una falda colgada en la entrada.

Volví al día siguiente. Estaba bañándose de nuevo, pero vestida con un bañador de cuerpo entero. Se echó a reír mostrándome sus brillantes dientes.

A los ocho días, éramos amigos, y aún más otros ocho días después.

Se llamaba Marroca, sin lugar a duda un mote, y pronunciaba esa palabra como si tuviese quince erres. Hija de colonos españoles, se había casado con un francés llamado Pontabéze. Su marido era funcionario estatal. Nunca supe con exactitud cuáles eran sus funciones. Supe que estaba muy ocupado y no indagué más.

Entonces, cambiando su hora del baño, ella acudió todos los días después de comer a dormir la siesta en mi casa. ¡Qué siesta! ¡Si eso es descansar!

Era una muchacha realmente admirable, de un tipo un tanto brutal, pero soberbio. Sus ojos siempre parecían brillantes de pasión. Su boca entreabierta, sus dientes puntiagudos, su sonrisa tenían algo ferozmente sensual. Sus extraños pechos, alargados y erguidos, agudos, como peras de carne, elásticos como si tuviesen resortes de acero, daban a su cuerpo algo de animal, la convertían en una suerte de ser inferior y magnífico, una criatura destinada al amor caótico, y me inspiraban la idea de las obscenas divinidades antiguas que daban rienda suelta a sus ternuras libres en medio de hierbas y hojas.

Jamás hubo una mujer que llevase dentro deseos más insaciables. Sus crueles ardores y sus brazos clamorosos, con chirriar de dientes, sacudidas y mordiscos, iban seguidos casi de inmediato por una modorra tan profunda como la muerte. Pero se despertaba bruscamente en mis brazos, lista para nuevos abrazos, con la garganta llena de besos.

Por lo demás, era de alma tan simple como dos y dos son cuatro, y una sonora risa sustituía su pensamiento.

Instintivamente orgullosa de su belleza, le horrorizaban los velos, aun los más ligeros. Iba por mi casa, corría, saltaba con una impudicia inconsciente y osada. Cuando estaba saciada de amor, agotada por los gritos y el movimiento, se dormía junto a mí en la otomana, con un sueño profundo y tranquilo. Entretanto, el calor abrumador hacía brotar sobre su piel morena perlitas de sudor y desprendía de ella, de sus brazos alzados sobre la cabeza, de todos sus recónditos repliegues, ese olor salvaje que gusta a los machos.

En ocasiones regresaba por la noche, pues su marido estaba de servicio no sé dónde. Nos tumbábamos en el terrado, envueltos apenas en tenues y vaporosos tejidos orientales.

Cuando la gran luna llena de luz de los países cálidos salía de lleno en el cielo, alumbrando la ciudad y el golfo en su anfiteatro de montañas, distinguíamos en los demás terrados como un ejército de fantasmas silentes tumbados que se levantaban en ocasiones, cambiaban de sitio y se acostaban de nuevo bajo la tibieza lánguida del cielo aplacado.

Pese a la claridad de esas noches africanas, Marroca se empeñaba en quedarse desnuda también bajo los claros rayos de la luna. Le daba igual que todos pudiesen vernos, y con frecuencia lanzaba por la noche, pese a mis temores y mis súplicas, largos gritos vibrantes, que hacían aullar a los perros en la lejanía.

Una noche que yo reposaba, bajo el ancho firmamento tachonado de estrellas, se arrodilló en mi alfombra y, acercando a mi boca sus grandes labios abultados, me dijo:

«Tienes que venir a dormir a mi casa».

Yo no comprendía.

«¿A tu casa? ¿Cómo?».

«Sí, cuando mi marido se marche, vendrás a ocupar su sitio».

No pude evitar reírme.

«¿Y para qué si vienes tú aquí?».

Continuó, hablándome en la boca, lanzándome su cálido aliento al fondo de la garganta, mojando mi bigote con su hálito: «Es para tener un recuerdo». Y la erre de recuerdo rodó un buen rato con un fragor de torrente sobre rocas.

Yo no captaba su idea. Me pasó los brazos por el cuello. «Cuando no estés allí, pensaré en ti. Y cuando bese a mi marido, será como si fueses tú».

Y en su voz las erres adquirían el fragor de truenos familiares.

Murmuré, enternecido y divertido:

«Estás loca. Prefiero quedarme en casa».

Efectivamente, no siento ninguna afición a las citas bajo un techo conyugal. Son trampas en las que siempre han atrapado a los tontos. Pero me rogó, suplicó e incluso lloró, añadiendo: «Verás cómo te amaré». Te amarrrré resonaba como un redoble de tambor tocando a la carga.

Su deseo me parecía tan raro que no lo entendía. Luego, pensando en él, creí vislumbrar cierto odio profundo a su marido, una de esas venganzas ocultas de la mujer que engaña con deleite al hombre detestado y quiere hacerlo en su casa, en sus muebles y entre sus sábanas.

Le dije: «¿Tu marido es malo contigo?».

Puso cara de enfado: «Oh, no, muy bueno».

«Pero tú no lo quieres, ¿verdad?».

Me miró con grandes ojos asombrados.

«Sí, lo amo, al contrario, mucho, mucho, pero no tanto como a ti, tesoro mío».

Yo no entendía nada y, mientras intentaba adivinar, ella oprimió mi boca con una de esas caricias cuyo poder conocía y murmuró: «¿Vendrás? Di».

Pero yo me resistía. Entonces ella se vistió y se marchó.

Estuvo ocho días sin aparecer. El noveno día, se detuvo muy seria en el umbral de mi cuarto y preguntó:

«¿Vendrás a dorrmirr esta noche a mi casa? Si no vienes, me irrré».

Ocho días son muchos, amigo mío, y en África equivalían a un mes. Grité: «Sí», y abrí los brazos. Se arrojó en ellos.

Esperé esa noche en una calle vecina y me guie por sus indicaciones.

Vivían cerca del puerto, en una casita baja. Crucé primero una cocina donde el matrimonio comía y entré en el dormitorio encalado, limpio, con fotos de parientes colgadas en las paredes y flores de papel en fanales. Marroca parecía contentísima. Brincaba y repetía: «Por fin en nuestra casa, por fin en tu casa».

Yo actué como si estuviese en mi propia casa.

Estaba un tanto molesto, lo confieso, y hasta inquieto. Como en aquella casa desconocida no sabía si quitarme cierta prenda sin la cual un hombre sorprendido es tan torpe como ridículo, e incapaz de actuar, ella me la arrancó sin contemplaciones y se la llevó a la habitación contigua, con el resto de mi ropa.

Finalmente recuperé mi confianza y se lo demostré por todos los medios, hasta el punto de que dos horas después no pensábamos en descansar cuando nos estremecieron unos violentos golpes dados a la puerta y una voz fuerte de hombre que gritaba: «Marroca, soy yo».

Ella saltó: «¡Mi marido! Rápido, métete debajo de la cama». Busqué como loco mi pantalón, pero ella me empujó entre jadeos: «Venga, vamos».

Me tumbé bocabajo y me deslicé sin decir nada bajo aquella cama, sobre la cual me encontraba tan bien.

Entonces ella fue a la cocina. Le oí abrir una alacena, cerrarla, después regresó con un objeto que no distinguí, pero que dejó en alguna parte. Como su marido perdía la paciencia, ella respondió con voz fuerte y tranquila: «No encuentrrro los fosforrros»; y después, de repente: «Aquí están; ahora te abrrro». Y abrió.

El hombre entró. Solo vi sus pies, unos pies enormes. Si el resto iba en proporción, debía de ser un gigante.

Oí besos, una palmadita sobre la carne desnuda, una risa. Después él dijo con acento marsellés: «Se me ha olvidado la cartera y he tenido que volver. Y tú parece que dormías a pierna suelta». Fue hacia la cómoda y rebuscó un buen rato. Después, como Marroca se había tumbado en la cama como si estuviese vencida por el cansancio, regresó hacia ella y no cabe duda de que quiso acariciarla, pues ella le lanzó, con frases irritadas, una retahíla de erres furiosas.

Los pies estaban tan cerca de mí que sentía unas ganas locas, idiotas, inexplicables, de tocarlos suavemente, pero me contuve.

Como sus intentos no tenían éxito, él se enfadó un poco. «Eres muy mala hoy», dijo. Pero se resignó. «Adiós, pequeña». Sonó un nuevo beso y los grandes pies se dieron la vuelta, me mostraron sus clavos al alejarse, pasaron a la habitación contigua y la puerta de la calle se cerró de nuevo.

¡Estaba a salvo!

Salí lentamente de mi escondrijo, humilde y lastimoso, mientras Marroca, que seguía desnuda, bailaba una giga en torno a mí riendo a carcajadas y aplaudiendo. Entonces me dejé caer pesadamente en una silla. Pero me levanté de un salto. Algo frío yacía debajo. Como no estaba más vestido que mi cómplice, su tacto me había estremecido. Me di la vuelta.

Acababa de sentarme sobre una hachuela de cortar astillas, afilada como un cuchillo. ¿Cómo había llegado allí? No la había visto al entrar.

Marroca, al ver mi sobresalto, se ahogaba de risa, gritaba y tosía con las dos manos sobre el vientre.

Esa alegría me parecía fuera de lugar, inconveniente. Nos habíamos jugado a lo tonto la vida. Aún sentía escalofríos por la espalda y su risa loca me zahería.

«¿Y si tu marido me hubiese visto?», pregunté.

Ella respondió: «No había peligro».

«¿Cómo? No había peligro. ¡Es el colmo! Con haberse agachado me habría visto».

Ya no se reía. Solo sonreía, mirándome con sus grandes ojos inmóviles, en los que asomaban nuevos deseos.

«No se habría agachado».

Yo insistí: «¡No me digas! Si se le hubiese caído el sombrero, habría tenido que recogerlo, entonces… ¡Mira cómo estaba yo con el traje que llevo!».

Me puso sobre los hombros sus brazos redondos y vigorosos y, bajando el tono, como si me hubiese susurrado: «Te adorro», murmuró: «Entonces, no se habría vuelto a levantar».

Yo no entendía nada:

«¿Y por qué?».

Guiñó un ojo con perversidad, alargó la mano hacia la silla donde yo me había sentado y con su dedo extendido, el pliegue de su mejilla, sus labios medio abiertos, sus dientes puntiagudos, claros y feroces, con todo eso apuntó hacia la hachuela de cortar astillas, cuyo filo relucía.

Hizo ademán de recogerla. A continuación, atrayéndome hacia ella con el brazo izquierdo, pegó su cadera a la mía, ¡y con el brazo derecho esbozó el movimiento de quien decapita a un hombre arrodillado!

Ahí ves, amigo mío, ¡cómo entienden aquí el deber marital, el amor y la hospitalidad!

EL AMO CONFIADO Y EL CRIADO INOCENTE

Matteo Bandello

En el momento en que Maximiliano César asediaba Padua con un gran ejército, un caballero y su familia huyeron para refugiarse en Mantua, y me contó que antes de la guerra un joven alemán llegó a esta ciudad y se puso al servicio de un caballero como mozo de cuadra, ya que no sabía hacer nada más que cuidar de los caballos. Tenía una apariencia simpática, pero era tan inocente que podías hacerle creer todo lo que quisieras.

El caballero a cuyo servicio estaba era un apasionado de las aves y se pasaba todo el día cazando. Como el alemán solo se ocupaba de la caballeriza, el amo pensó que podía confiarle la limpieza de sus botas y que se las engrasase para que estuviesen muy flexibles.

Arrigo, que era el nombre del alemán, tenía veinticuatro o veinticinco años, pero aún no había experimentado lo que era meter al diablo al infierno, y como comía, trabajaba y bebía como buen alemán, siempre estaba con el arco tenso y no sabía qué remedio encontrar para su dolencia.

Había notado varias veces que las botas de su amo, sin importar lo duras que estuviesen, se volvían suaves y flexibles después de ser engrasadas y colocadas al sol, de modo que el candoroso joven imaginó encontrar la misma manera de ablandar su instrumento y hacer que fuese flexible. Así pues, se desabrochó la bragueta y comenzó a frotarse el miembro con la grasa al sol sin obtener resultado alguno, ya que siempre estaba hinchado y no se ablandaba en absoluto. No obstante, perseveró en la tarea y pensó que con el poder de la grasa lograría su objetivo.

Un día, la esposa del caballero salió al patio para hacer sus necesidades y vio a Arrigo con su arco en la mano detrás de un tocón y mientras se lo frotaba con grasa. Era blanco como la nieve, y la señora pensó que era lo más hermoso y dulce del mundo. De repente, se sintió presa de un gran deseo de probar el servicio que le haría, pues el de su esposo no era ni la mitad de grueso o firme. Se apresuró a llamar a Arrigo para hablar con él sobre el servicio de la cuadra, y le dijo:

—Arrigo, no sé cómo decirte lo que estoy pensando. En menos de quince días has gastado más grasa en las botas del amo que en tres meses los demás servidores. ¿Qué significa eso? No me cabe ninguna duda de que la estás usando para otra cosa o que la estás vendiendo. Dime la verdad. Tengo que saberlo. ¿Qué estás haciendo?

Arrigo entendía lo que le decía, pero no podía expresar lo que pensaba en italiano. Inocente y sencillo, contó lo que le pasaba y, para explicarlo mejor, se bajó los calzones y le presentó su arco en la mano a la señora, que temblaba de gusto y ya tenía la boca hecha agua, y le dijo cómo usaba la grasa, agregando que el remedio no funcionaba.

—Ya que eres un fiel servidor —dijo la mujer entonces—, voy a decirte que lo que estás haciendo es completamente absurdo y que no sirve para mejorar tu enfermedad. Te voy a enseñar un remedio excelente siempre y cuando no se lo digas a nadie. Ven conmigo y verás que, con lo que yo te haga, ese gran arco se quedará pequeñito y suave como una pasa.

El marido estaba fuera de la ciudad y no había nadie en la casa a quien la señora pudiera temer. Así pues, llevó al joven a su alcoba y, para darse placer con él, se dejó frotar cinco veces seguidas con su propio caudal.

El remedio pareció admirable al joven y todo fue bien entre los dos. Siempre que era posible y sentía que su arco se enderezaba, lo ablandaba con la grasa de la dama.

Sucedió que a Arrigo le gustaba más esta grasa que la de las botas y llegó un día en que el amo quiso ir a cazar y no halló sus botas limpias ni engrasadas, de modo que montó en cólera. El bueno de Arrigo no sabía qué decir.

—¿Qué hago yo ahora, alemán borracho? —gritó el amo—. ¿Qué quieres que haga, miserable haragán? Estas botas están tan duras y resecas que ni tú ni nadie pueden usarlas. Eres un vago y un animal.

El joven temblaba por miedo a que lo azotaran y respondió:

—No se incomode, señor, no se enfade, que se las dejaré flexibles en un momento.

—¡Mal rayo te parta, perro! —exclamó el amo con enojo.

Cuando Arrigo vio que la ira de su amo aumentaba, dijo:

—Sí, sí, señor, haré lo que sea necesario si tiene un poco de paciencia. En cuanto las meta en el vientre de mi señora, le aseguro que se ablandarán.

El maestro quiso saber cuál era la receta para un cambio tan repentino. Entonces el alemán explicó con detalle lo sucedido. Cuando vio el amo que la suerte lo había convertido en el señor de Corneto, no dijo nada en ese momento, pero unos días después le dijo al alemán que podía buscarse otro a quien servir porque él ya no necesitaba más sus servicios.

UNA VEZ

D. H. Lawrence

Era una preciosa mañana. Flotaban sobre el río blancas masas de neblina, como si un enorme tren hubiese arrancado dejando tras de sí una estela de ocioso vapor que descendía valle abajo. Las montañas eran entre azules y grises apenas esbozadas con un pálido brillo de nieve en la cumbre bajo el sol. Parecían lejanas, como si me vigilasen, atónitas. Mientras me bañaba bajo los rayos de luz solar que entraban por la ventana abierta de par en par, dejando que el agua corriese por mis costados, mi mente divagaba en la brumosa mañana, tan dulce, lejana y tranquila, y apenas pude secarme. En cuanto me hube puesto una bata, me estiré otra vez ociosamente sobre la cama, contemplando la mañana que conservaba aún el verdor de la madrugada, mientras recordaba a Anita.

La había amado cuando apenas era un chico. Era hija de un aristócrata, pero carecía de dinero. Yo pertenecía a la simple clase media. Era demasiado novato y sin pretensiones como para pensar en cortejarla. Al regresar a su casa al concluir la escuela, se casó con un oficial. Un hombre apuesto, un poco como el Kaiser, pero bruto como un burro. Anita tenía solo dieciocho años. Cuando finalmente me aceptó como amante, me lo contó todo.

—La noche que me casé —me dijo—, me la pasé contando desde la cama las flores del empapelado, cuántas había en cada hilera. Fíjate cómo me aburría él.

Era de buena familia y muy buena fama en el ejército por su aplicación. Poseía la tenacidad de un perro de presa y cabalgaba como un centauro. Parecen buenas cualidades a primera vista, pero tener que convivir con ellas es tedioso, dice Anita.

Su primer hijo llegó justo antes de cumplir los veinte años; el segundo, dos años después. No hubo más hijos. El marido era bastante zopenco. La descuidaba, aunque no de forma indignante: se contentaba con tratarla como a un animalito delicado. Para rematar las cosas, se arruinó totalmente por deudas de juego y de otra índole hasta que cayó en la deshonra total cuando malversó dinero del Gobierno y lo descubrieron.

—Descubriste un pelo en tu sopa —le dije a Anita en una carta.

—Más que un pelo, toda una trenza —respondió.

Desde ese momento, ella comenzó a tener amantes. Era una criatura joven y majestuosa y no iba a quedarse sentada en su elegante piso de Berlín, apolillándose. Su marido era oficial en un regimiento de primera. Anita tenía un espléndido aspecto y él disfrutaba presentándosela a sus amigos. Además, ella tenía sus propios parientes en Berlín, aristocráticos y ricos, que se movían en los más exquisitos círculos sociales. Así que ella comenzó a tener amantes.

Anita muestra bien su crianza: erguida, bastante orgullosa, con aire desdeñoso no exento de buen humor. Es alta y fuerte, la insolencia asoma en sus ojos pardos, y su piel aterciopelada tiene un color cálido, moreno, a juego con su cabello negro.

Llegó a quererme un poquito al final. Su alma es pura, casi como la de una virgen. Creo que tal vez lo que la corroe es que nunca amó realmente a nadie, nunca sintió verdadero respeto, *Ehrfurcht*, por un hombre. Ha estado aquí conmigo en el Tirol durante estos últimos diez días. Yo la amo y no me siento contento conmigo mismo. Quizá yo tampoco pueda colmar sus expectativas.

—¿Nunca has amado a los hombres que has tenido? — le pregunté.

—Los he amado, pero me los he metido a todos en el bolsillo —declaró como ligeramente decepcionada sin perder su buen humor. Ante mi mirada seria encogió los hombros.

Me quedé recostado preguntándome si también a mí se me metería en el bolsillo, junto con su monedero, su perfume y los caramelitos que adoraba. Casi habría sido delicioso. Una especie de voluptuosidad me impulsaba a dejar que me tuviese, que me guardase en su bolsillo. Habría sido placentero... Pero yo la amaba. Habría sido injusto para ella. Yo quería hacer algo más que proporcionarle placer.

Mientras pensaba, la puerta se abrió de golpe y Anita entró en mi dormitorio.

Alarmado, reí en mi fuero interno, y sentí que la adoraba. ¡Era tan natural! Vestía una *chemise* de encaje diáfano, que le caía por un hombro, y botas altas, sobre una de las cuales le caía la media del mismo color del bramante. Llevaba un enorme sombrero negro, bordeado de blanco, con una gigantesca pluma de un tono marrón cremoso que descendía y se sacudía ligeramente como una estela de espuma pardusca. Era un sombrero colosal para cubrir su desfachatez, y la pluma grande y suave pareció derramarse y caer en un súbito burbujeo cuando ella echó hacia atrás la cabeza.

Me contempló y fue directamente al espejo.

—¿Te gusta mi sombrero? —preguntó.

Se detuvo frente al cristal del espejo, solo atenta a su sombrero, cuyos grandes filamentos plumíferos parecían agitarse con la marea. Su hombro desnudo relucía, y a través del fino tejido de su *chemise* pude distinguir todo su cuerpo como una cálida silueta, con reflejos dorados sobre el pecho y los brazos. La luz corría plateada por sus brazos levantados y la sombra dorada se movió al arreglarse el sombrero.

—¿Te gusta mi sombrero? —repitió.

Como no respondí, se giró para mirarme. Yo aún yacía en la cama. Debió ver que la miraba a ella y no al sombrero, pues sus ojos se nublaron brevemente, aunque su ceño desapareció de inmediato, cuando me preguntó en tono levemente duro:

—¿No te gusta?

—Es bastante elegante —respondí—. ¿De dónde es?

—Ha llegado esta mañana de Berlín … o anoche —respondió.

—¿No es un poco grande? —aventuré.

Se irguió.

—¡Pero qué dices! —se enojó, volviéndose hacia el espejo.

Me levanté, dejé que mi bata de noche cayese, me encasqueté muy correctamente un bombín en la cabeza y, desnudo salvo por el sombrero y unos guantes, me acerqué a ella.

—¿Te gusta mi sombrero? —pregunté.

Ella me miró y rompió a reír. Dejó caer su sombrero en una silla y se desplomó en la cama, sacudida por las carcajadas. A veces levantaba la cabeza, me miraba con sus ojos oscuros, y volvía a meter la cara entre las almohadas. Me quedé de pie frente a ella con el sombrero en la cabeza, sintiéndome un tanto estúpido. Ella me espió de nuevo,

—¡Estás encantador, estás adorable! —exclamó.

Con un movimiento grave y digno me quité rápidamente el sombrero y dije:

—Y eso que me faltan botas acordonadas hasta arriba y una media.

Pero ella se abalanzó sobre mí, mantuvo el bombín en mi cabeza y me besó.

—No te lo quites —me rogó—. Así es como me gustas.

Me senté en la cama con gravedad y desinhibido.

—¿Entonces no te gusta mi sombrero? —dije en tono enojado—. Me lo compré en Londres el mes pasado.

Ella me dedicó una mirada risueña, y volvió el repique de sus carcajadas.

—¿Te imaginas lo que pasaría —exclamó— si todos los ingleses de Piccadilly anduviesen de esta guisa?

Hasta a mí hizo gracia la idea.

Finalmente le aseguré que su sombrero era exquisito y, para gran alivio mío, pude quitarme el bombín y echarme encima la bata.

—¡Qué ganas de taparte! —me reprochó—. Con lo bien que estás sin nada encima... salvo un sombrero.

—Es la vieja manzana que no puedo digerir —repuse.

Se la veía contenta con su camisón y sus botas altas. Me recosté y contemplé sus bonitas piernas.

—¿A cuántos hombres les has hecho esto? —pregunté.

—¿El qué? —preguntó.

—Entrar en sus dormitorios envuelta en un jirón de niebla mientras te probabas un sombrero nuevo...

Ella se inclinó para besarme.

—No muchos —dijo—. Hasta ahora no había tratado a nadie con tanta familiaridad, me parece.

—Imagino que lo habrás olvidado —dije—. Bueno, es igual.

Quizá el tono de amargura de mi voz la tocó. Casi indignada, repuso:

—¿Crees que quiero halagarte diciendo que eres el primero que yo realmente... realmente...?

—No sé —repuse—. Ninguno de los dos nos engañamos con tanta facilidad.

Me miró fijamente, con una expresión rara.

—Soy muy consciente de que soy algo temporal —le dije—, y de que ni siquiera duraré tanto como la mayoría de ellos.

—¿Te compadeces de ti mismo? —se burló.

Me encogí de hombros, mirándola a los ojos. Me provocaba una gran agonía, pero no cedí.

—No voy a suicidarme —repliqué.

—*On est mort pour si longtemps*[8] —dijo y de repente se puso a bailar sobre la cama. Yo la adoraba. Tenía el valor de vivir casi gozosamente.

—Cuando recuerdas tus aventuras —dije—, que son muchas, pese a que solo tienes treinta y un años...

—Muchas, no; solo algunas; y como recalcas lo de los treinta y un años... —rio.

—Pero ¿cómo te sientes cuando piensas en ellos? —pregunté.

Frunció el entrecejo con aire extraño y una mueca más de desconcierto que de otra cosa ensombreció su rostro.

—Todos ellos tienen algo bueno —respondió—. En realidad los hombres son fantásticos —suspiró.

—Es una pena que todos sean ediciones de bolsillo... —me burlé.

Ella se rio y se puso a tirar con aire pensativo del lazo de seda de su camisón de encaje. Sus hombros redondeados brillaban

---

[8] Se está muerto durante tanto tiempo.

como el marfil antiguo y a la altura de la axila noté una tenue mancha pardusca.

—No —dijo alzando la cabeza de pronto y me miró tranquilamente a los ojos—, no tengo nada de qué avergonzarme… es decir… —dudó—, ¡no tengo nada de qué avergonzarme!

—Te creo —dije—. Dudo que hayas hecho algo que ni siquiera yo pudiese aceptar… ¿Verdad?

Yo mismo noté el tono lastimero de mi pregunta. Ella me miró y se encogió de hombros.

—Sé que no —la sermoneé—. Todas tus aventuras han sido bastante decentes en realidad. Significaron más para ellos que para ti.

La sombra de su pecho, de una firme redondez, resplandeció cálidamente a través del lienzo que los cubría. Estaba pensando.

—¿Quieres que te cuente… algo que hice? —preguntó.

—Si tú quieres —contesté—. Pero deja que te traiga algo para taparte.

Le besé el hombro, que tenía la suave y deliciosa frialdad del mármol.

—No… bueno, sí —replicó.

Le traje una bata china de seda negra con suntuosos dragones bordados, que se retorcían sobre la tela entre llamas verdes.

—¡Qué blanca se ve tu piel en contraste con la seda negra —murmuré besando el semicírculo de su pecho a través de la tela.

—Túmbate ahí —me ordenó.

Se sentó en el centro de la cama, y yo me quedé contemplándola. Pinzó entre sus dedos la borla de seda negra de mi bata y la espachurró como a una margarita.

—¡Gretchen! —exclamé.

—«Margarita de un solo pétalo» —contestó en francés, riendo—. Me avergüenza lo que voy a contarte, así que debes ser comprensivo conmigo...

—Toma un cigarrillo —le ofrecí.

Ella expulsó el humo pensativamente durante unos instantes.

—Tienes que oírlo –dijo.

—¡Empieza ya!

—Yo estaba en Dresden, en un hotel de lujo, cosa que me encanta. Me paso el tiempo tocando timbres, cambiándome de ropa tres veces al día, sintiéndome medio gran dama, medio *cocotte*.[9] No te enfades por esto que te digo. ¡Mírame! Él estaba en una guarnición cercana. Me habría casado con él si hubiese podido...

Se encogió de hombros, aquellos hombros tan bellos y morenos, y exhaló un penacho de volutas de humo.

—Después de tres días sola en el hotel empecé a aburrirme. Deambulaba sin compañía, visitando tiendas sin nadie a mi lado, yendo yo sola a la ópera..., donde los cretinos de los hombres me miraban a espaldas de sus esposas. Finalmente me sentí irritada con mi pobre marido, aunque no fuese culpa suya no poder ir.

Lanzó una risita al dar una nueva calada al cigarrillo.

—La mañana del cuarto día bajé las escaleras. Me sentía más guapa que nunca y orgullosa de mí misma. Llevaba una chaqueta con falda de color café con leche, muy claro... ¡y me sentaba estupendamente!

Tras una pausa, siguió:

—También llevaba un gran sombrero negro con una nube de plumas de águila blanca. Me asusté cuando un hombre estuvo

---

[9]   Termino francés que se utilizaba para denominar a las prostitutas de lujo.

a punto de arrollarme. ¡Oh, sí! Era un joven oficial lleno de vitalidad, un animal espléndido: el aristócrata alemán en su mejor expresión. No parecía muy alto, con su uniforme añil, pero estaba pletórico de vida. Cuando lo miré a los ojos sentí una descarga eléctrica que me recorrió como un fuego. ¡Oh, sí! Aquellos ojos destellaron al ser consciente de mi presencia... y eran del mismo color celeste que los ribetes de su uniforme. Me miró... ¡Ah! Hizo una reverencia entonces, el tipo de reverencia que a una mujer le parece una caricia.

—*Verzeihung, gnädiges Fräulein!*[10]

—Hice solo una inclinación de cabeza —continuó el relato—, y cada uno siguió su camino. No parecíamos impulsados por nuestra propia voluntad, sino por algo mecánico que nos empujaba.

»Aquel día no me sentí tranquila, no podía estar quieta en ningún sitio. Algo bullía dentro de mis venas. Estaba tomando el té en la Brühler Terasse mientras contemplaba a la gente pasar en una especie de procesión mecánica contra el marco del ancho Elba apacible, cuando de repente él se detuvo frente a mí, saludó y se sentó. Su actitud estaba entre la disculpa y la temeridad. Me sorprendía menos él que la procesión maquinal de transeúntes. Entonces comprendí que él me creía una *cocotte*.

Contempló pensativamente la habitación y el pasado asomar peligrosamente de nuevo en sus ojos oscuros.

—Pero el juego me divertía y excitaba —prosiguió—. Me dijo que esa noche tenía que acudir a un baile de la corte. Después añadió en tono apasionado, entre la indiferencia y el ruego:

»«¿Y después...».

»«¿Y después...», repetí.

---

[10] ¡Perdone, señorita!

»«¿Puedo…»», preguntó.

»Le di el número de mi habitación —continuó ella—. Volví caminando sin prisa al hotel, me vestí para cenar y charlé con alguien sentado a mi lado. Quedaban una o dos horas antes de que él viniese. Ordené mis objetos de plata, cepillos y otras cosas en el tocador, y pedí un gran ramo de lirios del valle, que hice poner en un cuenco negro. Las cortinas eran de color rosa pálido y la alfombra tenía un color frío, casi blanco, con un ribete rosa leonado y turquesa. Supongo que sería persa. Recuerdo que me gustaba. ¡La habitación parecía fresca y expectante, como yo!

»La última media hora de espera, es extraño, ya no me parecía sentir nada, ni tener conciencia de nada. Me mantenía tumbada en la oscuridad, apretando contra el cuerpo mi bonito vestido de crepé china de color azul claro para animarme. ¡Oí que alguien intentaba abrir la puerta y contuve el aliento! Entró corriendo, echó la llave a la cerradura y encendió todas las luces. Se quedó de pie, el centro, con la luz destellando en su brillante cabello castaño. Tenía algo bajo su capa. Entonces se acercó a mí y sacó un gran ramo de rosas rojas y rosadas que me arrojó. ¡Fue delicioso! Algunas estaban frías cuando me cayeron encima. Se quitó la capa. Su figura, en su uniforme azul, me deleitó. Luego, ¡oh, sí!, me levantó de la cama y me besó con rosas y todo … ¡Y cómo lo hizo!

Hizo una pausa al recordarlo.

—Sentí su boca a través de la tela de mi ropa. Se quedó inmóvil durante unos segundos, inflamado de pasión. Entonces me arrancó el camisón y me contempló desde cierta distancia.

Tenía los labios medio abiertos, con expresión extasiada, pero parecía con todo que los propios dioses debían envidiarlo: ¡maravilla, adoración y orgullo! Su devoción por mí finalmente me ganó. Me depositó nuevamente sobre la cama, me tapó con dulzura y dejó las rosas al otro lado, amontonadas cerca de mi cabello, sobre la almohada.

»Sin sentir ningún pudor ni timidez, se desvistió. Era adorable. Joven, algo delgado pero fuerte, con un cuerpo que simplemente irradiaba su amor por mí. Me miró lleno de humildad y yo extendí las manos hacia él.

»Nos amamos toda la noche. Cuando se sentó en la cama tenía sobre el cuerpo pétalos de rosa aplastados, deshechos, como gotas de sangre carmesí. ¡Oh, cuánta fiereza y cuánta ternura a la vez había en él!

Los labios de Anita temblaron levemente e hizo una pausa. Luego, muy despacio, continuó:

—Cuando me levanté por la mañana se había marchado. Había dejado en la mesilla su carné de baile con una corona dorada y unas pocas palabras apasionadas, rogándome que volviese a verlo en la Brühler Terasse esa tarde. Pero yo tomé el expreso de la mañana a Berlín.

Ambos permanecimos muy quietos. Me pareció oír el rumor del río que discurría en la distancia, perdiéndose en la mañana.

—¿Y…? —dije.

—Jamás volví a verlo.

Seguíamos quietos. Entonces ella se rodeó con los brazos una rodilla brillante y se la acarició con la boca, amorosamente, como apenada. Los brillantes dragones verdes de su bata parecían rugirme.

—¿Y te remuerde la conciencia? —dije finalmente.

—No —contestó casi sin atenderme—. Recuerdo cómo se quitó el cinturón con la espada de la cadera, cómo arrojó todo sobre la otra cama, con un tintineo…

Yo bullía de rabia contra Anita. ¡Por qué amaba a un hombre solo por cómo se quitó el cinto!

—Con él todo parecía inevitable —susurró.

—Hasta el hecho de no volver a verlo —repuse con sequedad.

—¡Sí! —dijo tranquilamente.

Pensativa y soñadora, siguió acariciándose las rodillas.

—Él me dijo: «Somos como las dos mitades de una nuez» —rio con ligereza—. Me dijo frases bonitas: «Esta noche tú eras una respuesta». Luego: «Cualquier punto de tu cuerpo que toque me revive de placer». También dijo que jamás olvidaría el tacto de terciopelo de mi piel. Sí, me dijo muchas cosas bonitas.

Anita las repasó mentalmente de una forma patética. Yo seguía sentado, mordiéndome el dedo con rabia.

—Me dejó que le prendiese rosas en el cabello —continuó—. Se quedó quieto como un bebé mientras yo lo adornaba, lleno de timidez. Su figura era casi como la tuya.

Para mí aquel cumplido fue un último insulto.

—Tenía una larga cadena dorada con pequeñas esmeraldas ensartadas. Le dio varias vueltas alrededor de mis rodillas, dejándome prisionera casi sin pensarlo.

—Y tú desearías que te hubiese retenido —dije.

—No —respondió—, ¡no habría podido!

—¡Ya veo! Sencillamente lo tienes como modelo, como patrón para medir la dosis de satisfacción que los demás te proporcionamos.

—Sí —asintió con calma.

Vi que le gustaba enfurecerme.

—Pero ¿creía que te avergonzaba esa aventura? —dije.

—No —respondió con picardía.

Comenzó a cansarme. Nadie puede pisar terreno firme con ella. Siempre era resbaladizo, propenso a las caídas. Me quedé quieto, contemplando la luz del sol que lucía muy blanca en el exterior.

—¿En qué piensas? —preguntó.

—En el camarero que sonreirá cuando bajemos a tomar el café.

—No, ¡dime!

—Son las nueve y media.

Ella manoseó el lazo de su bata.

—¿En qué pensabas? —preguntó muy despacio de nuevo.

—Pensaba en que obtienes siempre lo que deseas.

—¿En qué sentido?

—En el amor.

—¿Y qué deseo?

—Sensaciones.

—¿Ah, sí?

—Sí.

Se quedó sentada con la cabeza agachada.

—Toma un cigarrillo —dije—. ¿Vas hoy al sitio donde se va en trineo?

—¿Por qué dices que solo busco sensaciones? —preguntó quedamente.

—Porque es todo lo que tomas de un hombre. ¿No quieres un cigarrillo? —insistí.

—No, gracias… Pero ¿qué otra cosa podría tomar?

Me encogí de hombros.

—Nada, supongo —dije.

Ella siguió tironeando con aire meditabundo del lazo de su bata.

—Hasta ahora, no te has perdido nada…, no has sentido que te faltase nada… en el amor —dije.

Ella tardó en responder.

—Oh, sí que me ha faltado —dijo gravemente.

Al oírla, el corazón se me heló.

ABNEGACIÓN

Marcel Prévost

Carta de la doncella Antonieta a la señora baronesa de Rose-mond.

Cumpliendo sus órdenes y, según lo acordado entre usted y el barón, lo he acompañado hasta Ruan, adonde ha viajado por la herencia de la señora de Varangeville.

Yo debía telegrafiarla si su esposo cambiaba la fecha de su regreso o si decidía llegar de noche a París. No crea que lo olvidé, pues ante todo, perdone que abuse de su confianza, estoy segura de que la señora habrá aprovechado la ausencia del barón para ver al capitán Fontainebleau. ¡Es tanta la devoción de la señora! Debía telegrafiar, lo sé; pero resulta que las cosas han tomado unos derroteros diferentes y no según previmos.

No supe a tiempo qué deseaba hacer el barón y han sucedido cosas que debo comunicarle. No se asuste, señora, y que esté tranquilo el capitán. No solo aplaza la fecha de vuelta, sino que le repito las palabras del señor: «Aquí se está bien, así que voy a tomarme otros dos días». Me lo ha dicho esta misma mañana.

Para que la señora esté al corriente, debo advertirle que, desde hace tiempo, en casa el barón revolotea a mi alrededor. No se lo dije a la señora porque, al tratarse de una doncella como yo, no había motivos de preocupación por un caso tan simple. Si le añade que soy poco amiga de chismes, y menos aún de traerlos y llevarlos entre los amos, pues lo comprenderá. Sí puede estar la señora segura de que me mantuve firme, pese a que el barón estaba encendido e irresistible, tanto que no me atrevía a entrar cuando lo veía en una de las habitaciones del hotel. Su audacia le hacía agarrarme por la cintura y besarme a espaldas de la señora. La noche que fuimos a la estación y me hicieron montar a su vera, porque el baúl iba en el pescante con el cochero, ¡si la señora supiese los esfuerzos que tuve que hacer para no chillar! Tengo muchas cosquillas, la señora lo sabe, y eso es suficiente para comprender que en algunos casos es muy comprometido el oficio de doncella, en especial cuando se tiene aprecio a los amos.

Consentí en acompañar al barón solo por complacerla a usted, pues estaba segura de que aprovecharía la ocasión de verse a solas conmigo para ponerse tonto y pesado. No me equivocaba. Quiso llevarme a su coche de primera, pero yo me había tomado la precaución de comprar la víspera mi billete en la taquilla de la estación y, cuando vi que el señor sacaba el suyo, corrí a mi segunda clase. No sirvió, pues fue en mi busca. ¡Ay! Tuve que librar una verdadera batalla hasta Nantes, pues íbamos solos en el departamento. Menos mal que en Nantes se subieron unas monjas y el señor se marchó a su coche.

Pero cuando llegamos a Ruan, tomamos un coche para ir a casa de la difunta señora, y el barón se resarció sin dudarlo. Puedo jurarle que no tuve una relativa calma hasta que nos instalamos, y eso porque el barón no osaba asediarme en presencia de Joachim y Ursule, criados que sirvieron en vida a la que en ahora está en el cielo, ancianos con cara de pocos amigos y uno con aspecto de bedel y la otra, de sor. No me gusta comer con ellos, y en cuanto a esto, ha sido una buena idea que yo acompañase al señor, pues esta gente no sabe servir a una persona de alcurnia. ¿Querrá creer que se han persignado al verme entrar esta mañana con agua tibia para la *tub*[11] del amo?

He tratado de servir al señor lo mejor posible, pero me las he visto y deseado para librarme de sus pullas. Quería que lo vistiese como hace François en casa, que le echase agua por encima, so pretexto de que en la casa no hay forma de tomar una ducha. La señora comprenderá que semejantes servicios no corresponden a una doncella. Pasé la tarde sin problema, pues lo retuvieron fuera sus asuntos y no volvió hasta la cena. Pero la segunda noche exigió que me acostase en el cuarto contiguo diciendo que sufre de insomnio y le dolía el estómago, y que necesitaba algo caliente a medianoche para su alivio. ¡Menuda cara que ponían los viejos mientras yo arreglaba su habitación! No ocultaban su enojo ni siquiera delante del barón. Joachim rezongaba: «¡Inaudito, horrible!» Y la vieja: «Es una vergüenza que una descarriada se acueste junto al dormitorio de la señora, que era una santa.» Yo fingía no oírlo, pero ¡figúrese si es duro que a una la llamen descarriada, siendo tan decente como yo soy! Digo, ya lo sabe la señora.

Bien conocía yo las intenciones del barón, así que por la noche atranqué la puerta. Dormía tranquilamente cuando me despertó el escándalo que armaba él con sus golpes y queriendo abrir. Me hice la sorda hasta que se puso a gritar:

—¡Antoinette, Antoinette!

Yo contesté:

—¡Señor…!

—Antoinette, me duele el estómago. Hazme una manzanilla, hija.

Yo me dije: «No será precisamente el estómago lo que inquieta al señor, pero debo obedecer». Media hora después estaba la manzanilla. Tuve que llevársela y, ya en su dormitorio, volvió a

[11] Bañera, tina. En inglés en el original.

la carga de tal modo que, escurriéndome, no pude librar la taza de sus embates y terminó en el suelo con todo su contenido. Al verme compungida y acongojada, el señor me tomo las manos, me besó y me dijo que me amaba desde hace tiempo. Aseguró que se encargaría de mi futuro si yo era servicial, que me amueblaría un cuarto cerca de casa, que era demasiado guapa para ser doncella, etcétera. Se lo agradecí y contesté a aquello que no podía servirle.

—¡Cielos! —replicó—. ¿Qué quieres? ¡Es que no te gusto!

—Ya sabe que sí. El señor barón es buen mozo y cautiva a todos.

—¡Entonces!… ¿A qué esperas si no te disgusto?

—Se olvida de la señora baronesa y, aun sin eso, debo decirle que soy decente y honrada.

—La señora no descubrirá nada, boba. En cuanto a lo otro, no quiero que te abandones y te entregues a la vida disipada. Al contrario, deseo que seas prudente y juiciosa como ahora después que estés instalada en tu casita. Te buscaré labor para que no te aburras allí.

El señor insistió en sus ruegos e insinuaciones, pero vio cómo le rechazaba y me resistía, así que se convenció de que no es tan fácil convencer a la que lucha por su virtud.

Finalmente se enfadó, me cubrió de insultos y me ordenó que volviese a mi dormitorio, echando la llave al suyo. Me apenó haberlo enojado y sacado de sus casillas, aunque mi satisfacción por poder acostarme tranquila era grande. Aun así, atranqué la puerta para estar más segura. ¡La señora ya sabe cómo son los hombres!

Pero no hubo novedad y no volvió a molestarme en toda la noche.

La mañana del lunes me puso mala cara. Parecía furioso y ni me habló. Deseaba preguntarle si pensaba irse el martes por la mañana; pero, señora, perdóneme; al verlo tan hosco, no quise romper el fuego. Estuvo fuera toda la tarde, como suele; no comió en casa y a las ocho y media entró en mi dormitorio diciendo:

—Antoinette, prepara tus cosas y las mías. Salimos en el tren de las diez.

—¿Mañana por la mañana?

—No, esta misma noche, dentro de un rato. He terminado mis asuntos y no quiero pasar otra noche en esta maldita ciudad.

¡Comprenda usted mi angustia! A esas horas no podía telegrafiarles y sabía que cuando llegásemos a medianoche la señora estaría con el capitán, en casa o fuera de ella.

El barón notó que me había disgustado la orden, así que me preguntó:

—¿Qué te ocurre? ¿No has entendido? ¿Por qué pones ese ceño?

Entonces tuve una feliz ocurrencia:

—Lamento que el señor adelante el regreso por estar enfadado conmigo. No he querido disgustarlo… ¡Si hubiese sabido que nos íbamos esta noche…!

Se le puso mejor semblante como por ensalmo.

—¿Qué habrías hecho? Dime… ¿No habrías sido tan cruel?

Y me tocaba la barbilla. Lo cierto es que no me atrevía a rebelarme contra sus mimos. Al fin y al cabo, todo era perdonable mientras se nos escapase el tren. Al verme tan mansa y sumisa se puso tierno como la víspera… ¡Me abrazaba, me apretujaba con tanta pasión! Y yo lo rechazaba con suavidad, bromeando y riendo. Así que le insinué:

—Señor, mire que no vamos a llegar a tiempo al tren.

—¡Pues sí que me importa a mí el tren! —contestaba.

¿Y cómo decírselo a la señora? No era sencillo alargar aquel juego inocente para que todo quedase en risas y apretones. Hubo que ceder y pasar por donde el señor quería. No me hartaré de repetir a la señora que era la única forma de retrasar el viaje.

No tengo que decirle cómo terminó la noche. El barón no permitió que cerrase la puerta de mi dormitorio, aunque maldito si importaba ya tal precaución.

Imaginaba que saldríamos esta mañana en el tren de las ocho. Pero la cosa es que ahora el señor barón me ha salido con que no piensa ir a París tan pronto. De hecho, asegura que le gusta Ruan y me propone hacer algunas excursiones por el campo.

He sido franca con la señora. No dude que le he dicho la pura verdad y que he obrado así únicamente por servirla. Si los viejos le escriben algo diferente, solo serán mentiras e infundios. Lo que sí deseo es que me diga qué debo hacer. Si usted lo ordena, volveré a París sin perder un solo minuto. Si prefiere lo contrario para poder disfrutar de unos días de libertad, me será fácil lograr que su esposo siga aquí.

El señor es muy exigente y, después de servir todo el día, la verdad es que me agota demasiado; pero si desea usted que nos quedemos aquí, lo haré de buena gana, por afecto a la señora, y me servirá de consuelo pensar que así ayudo a que la señora y el capitán sean felices.

LA IDEA SALVADORA

Francesco Maria Molza

Rodolfo era un joven florentino, bien plantado, cuya familia gozaba de gran prestigio en su ciudad. Al morir su padre, heredó sus bienes y sus fincas, quedando sin tutela alguna. Debido a su belleza era muy solicitado por todos los jóvenes de Florencia en general. Su rostro lampiño y su labio superior sin bozo le hacían parecer una doncella. Así pues, muchos mancebos se enamoraron de él y, de manera más o menos voluntaria, obtuvieron sus favores y gozaron durante mucho tiempo de la flor de su juventud.

Cuando con los años su rostro perdió su lozana tersura, se retiraron los pretendientes y Rodolfo, por su parte, persiguió a los mancebos, como antes habían hecho con él, siendo su única preocupación buscar y desflorar a los jovencitos. Esto le valió la peor de las famas, sobre todo entre las mujeres conocedoras de sus gustos. Sus parientes y amigos le reprendían a menudo por su vicio nefando, y le aconsejaban que pusiese fin a sus ardores y no ofendiese a la naturaleza ni a las leyes divinas y humanas.

Finalmente Rodolfo reconoció el ultraje que hacía a Dios y a los hombres, y pensó podría disminuir en algo su mala reputación si se casaba. Tras consultar a sus parientes y después de una madura reflexión, desposó a una bella joven llamada Beatriz, miembro de la familia Tornabuoni. Era tan alta y delgada que parecía más un mancebo que una muchacha. Como tenía el rostro y la voz casi masculinas, pensaron que ella más que ninguna otra podría gustar a Rodolfo, y él, por su parte, creyó también que le sería fácil amar a su mujer. La boda se celebró con todo lujo para gran satisfacción de todos.

Beatriz pronto descubrió que su marido deseaba unos frutos distintos a los que florecían en el jardín de las mujeres. Rodolfo había recaído en su vicio inveterado y solo tenía cerca a su mujer para ocultar mejor la satisfacción de sus deseos prohibidos.

Tomó a su servicio un hermoso doncel que le pareció que ni pintado para soportar el yugo al cual pensaba someterlo, de manera que lo acostó en su propia cama para gran disgusto de su esposa. Como él no poseía vigor suficiente para atender al joven y a Beatriz, ella tenía que pasar casi todas las noches sin hacer más que dormir, aunque hubiese preferido que la tuviesen desvelada. La joven sufrió mucho tiempo la perversidad de su marido. Entonces, viendo que pese a sus reproches no iba a renunciar a su vicio, se dijo:

—Mi innoble marido insiste en no querer bogar por mis aguas y eso que, gracias a Dios, tengo todo lo necesario para que navegase a sus anchas. En cambio, prefiere guarecerse en una ensenada que no vale ni la mitad de lo que yo poseo. Acude tan pocas veces a buscarme como esposa que se diría que me ha condenado a morir de hambre. ¡Pues está equivocado de media a media! No me conformaré solo con palabras y juegos. ¿Acaso soy fea, despreciable o tengo algo reprochable? Y aunque tuviese algo en la cara, no iría por la espalda como las otras. Encontraré alguien que desee mis encantos y tendré un amante. Puedo vengarme de mi marido con mi rival. Él ha abierto la veda poniéndome un hombre delante de los ojos todos los días. ¿Cómo debo portarme?

Tras estas reflexiones, la bella dama, con gestos y con señales maniobró tan bien, que el criado notó su amor y obraron con tal prudencia que el marido no sospechó nada. El mancebo estaba tan satisfecho de la aventura que prefería contentar a Beatriz antes que a Rodolfo, y escapaba de él para mantenerse en estado de satisfacerse a sí mismo y a su dueña. Rodolfo pronto lo notó y, viendo a su criado pálido y flaco, sospechó que tenía otros devaneos. Se puso a vigilar cuidadosamente todos sus pasos, se escondió un día en un rincón secreto de la casa y vio que él y Beatriz se abrazaban. Irritado entonces, planeó matar en secreto a su esposa, diciéndose:

—Ya sabía por qué rechazaba yo a esta criatura hipócrita y malvada. Alabado sea Dios que me ha señalado el camino que debo seguir.

Con esta idea, muy pronto y sin revelar lo que había visto, le dijo a Beatriz:

—Esposa, deseo que vayamos a cerner al campo, en nuestra finca. Prepárate cuanto antes.

—¡Dios mío, ayúdame! —pensó Beatriz—. Este está tramando algo.

Cuando estuvo lista, montaron los dos a caballo y se dirigieron a la campiña. Caminaban hablando de muchas cosas cuando, al llegar a un lugar solitario, donde unas rocas altas y escarpadas formaban junto con los árboles una corona o parapeto, Rodolfo desenvainó un puñal y, asiendo a su mujer del brazo, le dijo:

—Encomienda tu alma a Dios, pues vas a morir.

Al ver el puñal desnudo y el rostro de su marido rojo de ira, ella exclamó:

—¡Gracias, en nombre de Dios, querido esposo! Pero, antes de matarme, dime al menos en qué te he ofendido.

Rodolfo contestó que ella lo sabía mejor que nadie, y que no esperase misericordia. Entonces la mujer tuvo una idea y rompió a llorar:

—¡Pobre de mí! ¡Perdóname en nombre del Señor! ¡Ya que has decidido matarme, que mis ojos no vean venir la muerte y que Dios te juzgue!

Dicho esto, se apeó de su montura, se levantó las faldas y la camisola por detrás y se las echó sobre la cabeza, mostrando a Rodolfo aquello que tanto le gustaba en los otros. Él lo vio con todos sus relieves, sus proporciones perfectas y sin ningún defecto, blanco como la nieve, con la finura del marfil y de las perlas, tembloroso por un leve estremecimiento que revelaba que era de lozana y agradable carne. Rodolfo se quedó de piedra, como si hubiese visto la cabeza de Medusa. Entonces el puñal se desprendió de su mano, subyugado ante tal belleza, y satisfizo sus instintos al hallar aquellas carnes tan suaves que acariciaba gozoso con sus manos las caderas y las demás redondeces, lleno de dicha, preguntándose cómo se había privado hasta entonces de cosas tan gratas y hermosas.

«Seguro que habría ganado mucho la obra de Praxíteles al hacer su famosa Venus y la del escultor que creó el Apolo que está hoy en el Vaticano si hubiesen visto esto», se dijo.

Resumiendo, que se reconcilió con su mujer y, a partir de entonces los tres vivieron felices y contentos, sin que se sepa qué parte contaba con sus preferencias.

LA HONESTA RECIPROCIDAD

Catulle Mendès

I

Tan poco acostumbrado como pudiera estar al pasmo por
su asombrosa facultad de hacer visibles y tangibles los sueños
más fantásticos, y de vivirlos como nosotros, los demás, hombres de poca fe y escaso ideal, vivimos las fútiles realidades
de la vida, Pierre Léridan, poeta parisino, de veintidós años,
dotado de talento y amor, tan fiel a las tradiciones románticas
que alquiló un quinto piso, una buhardilla, en estos tiempos en
que los hombres de letras menos afortunados viven en palace-
tes de mármol rosa o de Sarrancolin, entre numerosos criados
que son antiguos políticos y antiguos editores, no pudo dejar de
sorprenderse cuando, aquella noche, sobre las dos de la madrugada, tras levantarse de una mesa tapizada con las trescientas
variaciones de un solo soneto, para abrir la puerta que alguien
había golpeado levemente dos veces —dos golpes de un ala de
golondrina que roza una pared de madera—, se vio frente a
la más radiante y luminosa de las mundanas, vestida de satén
dorado —no del todo, pues bajo el nacimiento del rubio cabello veía el esplendor de los hombros y unos pechos como ofren-
das— y en esta inesperada visitante reconoció a la esposa de un
rico y famoso diplomático, a la famosa y deliciosa ¡marquesa
Angeline de Albereine! Por otra parte, de haber estado sorprendido, no pudo sino abandonarse, por lo que vino después,

a un poco de estupefacción, ya que, tras una leve inclinación de una exquisita cabeza que asomó del vestido engalanado de diamantes, la recién llegada dijo, con la mayor calma:

—¡Discúlpeme si le molesto a una hora tan intempestiva, señor!, pero creo que puede hacerme un gran favor sin demasiados contratiempos. ¿Sería tan amable de desabrocharme el corpiño?

II

Aceptar los destinos abominables o encantadores, tan extraordinarios como puedan serlo, es la constancia de las almas que la persistencia del pensamiento ha familiarizado con lo imposible. Desde que, en unos segundos, fue dueño nuevamente de sí mismo y admitido lo aleatorio de esa visita, el poeta dijo con un saludo:

—Bien, sí, ¿por qué no? A sus órdenes, señora. ¿Desabrochar su corpiño? ¡Es fácil! Lamento que no tenga una tarea más especial o difícil para probar mi obediencia.

Y la tomó haciéndola girar a medias para poder agarrar y desenmarañar el nudo del lazo dorado a la luz de la lámpara.

Pero ella mostró entonces cierta turbación. ¿Es que ella no esperaba encontrar a Pierre Léridan en la buhardilla? Para no ser mal juzgada, creyó que debía explicarse. Por otra parte, nada más sencillo que esa aventura. Al volver del baile de la embajada rusa, el marqués de Albereine, a quien aguardaban en el casino, había acompañado a su esposa hasta la puerta de su casa y, una vez abierta la puerta, había montado de nuevo al coche. Ved ahora el contratiempo. La doncella no esperaba hasta mucho más tarde a su señora, así que no estaba allí. La marquesa la había llamado varias veces, pues desvestirse sin ayuda era imposible para ella, además de que los corpiños, siguiendo la moda actual, están atados por detrás, y sin brazos de simio sería incapaz de alcanzarse en medio de la espalda. Pero había llamado sin éxito, ¡nadie había acudido! El timbre funcionaba mal, seguro. Tras mucha impaciencia y haber pensado en acostarse vestida —¡cosa a la que no sabría resignarse cuando una se ahoga en un corpiño ceñido!—, la señora de Alberiene había tomado la audaz determinación de subir por la escalera de servicio hasta las buhardillas y llamar a su doncella.[12] Inútil imprudencia. La criada no estaba. ¡Ignoraba la mala conducta que siguen esas criaturas, hasta por la noche! Entonces, ¿qué iba a hacer? ¿Cómo aliviar la presión de las sedas y las ballenas que se dilatan —todo el mundo tiene piel y huesos— en el calor agobiante de los bailes? Tan perpleja como cabía, la marquesa vio una luz debajo de una puerta. Había imaginado que una criada o un mayordomo —un mayordomo no es un hombre— vivirían allí y había llamado... Esa era la historia.

—Y al haberme decidido, señor —añadió la Señora de Albereine—, a pedir su ayuda, me atrevo a esperar que no aproveche una situación, en apariencia escabrosa. ¡Prométame que no tendré que lamentar la confianza que deposito en usted! Jure que sus dedos se limitarán a los movimientos indispensables para desaborchar el corpiño y, sobre todo, que no aprovechará la prolongación de las telas para mirar con calurosa insistencia lo que eso pueda revelarle de mi persona, pues sepa que se bajan mucho las camisas sin mangas para los bailes, para así facilitar la respiración.

Ella enrojecía. Él respondió con un gesto solemne de juramento:

—Señora, esto es para hombres estoicos.

—¿Es uno de ellos?

—Sí —dijo él.

---

[12] Esto se explica porque en París, las casas señoriales del siglo XIX tenían en las buhardillas las habitaciones en donde dormía la servidumbre de las viviendas.

—¡Excelente! —dijo ella—. ¡Pero deprisa, por favor, pues créame que una rosa apremiada por la necesidad de eclosionar está mucho más a gusto en su vaina que yo en este corpiño de satén dorado, y siento que la tela se va a rasgar!

III

Una plenitud de carne, lentamente, muy despacio, con perfumes y sudores, exhalaba del corpiño conforme él extraía el lazo de seda de cada broche. Sus dedos, donde vibraban las uñas, no podían impedir el roce —pese al formal juramento— de la fresca y húmeda desnudez de una blancura que parecía pedir las miradas y los labios. Cuando, para acelerar la fuga de su pecho medio prisionero, la marquesa levantó los brazos, emanó una atmósfera tan agobiante, proveniente de las rubias tinieblas de sus axilas, que Pierre Léridan creyó que delante de las narices le abrían dos frascos llenos de rosas de té molidas en polvo de cantárida y, con las manos temblorosas, jadeaba. Pero daba igual, él mantendría su promesa. Desabrocharía hasta el final el corpiño, sin ceder a los censurables apetitos que lo acometían. En vano aparecieron los bellos pechos fuera de los velos, mostrando con orgullo los rosados de sus puntas ahora libres, en vano surgió todo el busto en su plenitud de marmórea nieve. Pierre Léridan aún mantenía — violento, pero contenido— el lazo deslizándose en los broches. Pero ¿qué sentía en esos momentos la marquesa Angeline de Albereine? ¡Ah! ¡No era solo la felicidad de aspirar el aire que le llenaba la garganta y le provocaba en el cuello arrullos de tórtola!

Bajo el hormigueo de los decorosos dedos nacía una emoción, trepaba, la recorría, hacía deslizar, hasta el montículo blanco de los hombros, la conmoción que despierta sobre la leche el roce de una mosca apenas posada y, al mismo tiempo, en el espejito que había delante de ella veía con sus lánguidos ojos, donde batían sus pestañas, al hombre muy moderado y fiel al juramento que desentrañaba con una lentitud tan metódica en apariencia. Era muy distinto de los agregados de la embajada y de los bailarines mundanos, con el garbo altivo de su joven rostro, donde el rubor de los labios contrastaba con el bigote oscuro, con sus cabellos algo largos y con volumen, entre los que se veía una frente pura como la de una jovencita. Y a su alrededor, la buhardilla era encantadora. Una habitación exquisita bajo los tejados, llena de telas exóticas y de graciosas figuritas. En un rincón, la estrecha cama, entreabierta, con unas sábanas de fina tela, era una blancura con el perfume de la juventud, bajo unos pesados pliegues de satenes japoneses, bordados con grandes flores doradas y aves encarnadas! Y es que Pierre Léridan vivía entre extraños lujos y, al tener publicados solo dos libros de versos, era rico gracias a la ordinaria liberalidad del editor Alphonse Lemerre. Así pues, la marquesa Angeline de Albereine, hecha a las ingeniosas elegancias, no se sentía fuera de lugar en aquella habitacioncita tan parecida a una adorable salita. No había temor a vileza alguna que le impidiese someterse, deliciosamente envuelta, al calor de un hálito que le acariciaba los riñones, le llegaba al cuello, se detenía en la nuca, se deslizaba por sus brazos y terminaba en el extremo de su pecho haciendo saltar chispas en la carne rosa.

IV

Pero la tarea había finalizado y el lazo se había desprendido del último broche. Ocultando completamente su pecho bajo el corpiño, que trataba de mantener con las manos, la marquesa avanzó un paso hacia la puerta y, llena de sincera gratitud, dijo:

—Señor, agradezco su bondad. ¡Créame que no olvidaré que gracias a usted me he ahorrado el incordio de dormir vestida! Si alguna vez pudiese yo rendirle algún agradable servicio…

El balbuceó, con la mirada gacha:

—¡Ay! Señora, no merezco ese agradecimiento y me habría gustado no tener que pedirle tan pronto un servicio a cambio del favor que tan feliz me ha hecho. Pero me hallo realmente en un estado lamentable, y debo recurrir ahora mismo a su ayuda.

—Sí, señor, ¿puedo serle de utilidad en algo? Le juro que lo haré encantada.

—Por desgracia, señora, mire mis dedos. Tiemblan de una forma rara tras rozarla, aunque poco, y no dejarán de temblar durante horas. No podrán, esta noche desde luego, desanudarme la corbata o los botones de mi ropa y ya sabe, dado que usted misma ha temido esa circunstancia, lo desagradable que es acostarse vestido en la cama.

—No comprendo —dijo ella.

—¡Yo dormiría muy mal con esta ropa tan ceñida! Pero bastaría que sus delicadas manos, como las mías…

¡Ella se giró casi indignada! ¡Sin duda era una extraña idea la que había tenido él! Sin embargo, ¿no tenía derecho a pedir que ella hiciese por él lo que él había hecho por ella? En el fondo, no había nada ilegítimo en la petición de semejante reciprocidad, por otro lado tan correctamente formulada.

—¡De acuerdo, no seré una ingrata! —dijo ella con un aire de generosa decisión.

Y, con aire magnánimo, alargó los brazos —bellos, desnudos y cálidos de donde emanaban perfumes— hacia el cuello del joven. Casi sin vello, una blancura destelló una vez desanudada la corbata. Pero, menos prudente que la marquesa, Pierre Léridan no había hecho prometer que ella no abusaría de una situación en apariencia escabrosa.

Puede que la señora de Albereine no se limitase a los movimientos indispensables, al ensanche de las telas mientras lo seguía y él caminaba hacia atrás, hacia la cama del rincón, cama entreabierta, con unas sábanas de fina tela, con el perfume de la juventud, ¡bajo unos pesados pliegues de satenes japoneses, bordados con grandes flores doradas y aves encarnadas!

LAS FLORES DE SAÚCO

Fray Mocho

No me ruborizo al confesar que mi amor primero lo engendró una mujer que por sus años podía ser mi madre. que salí de él tan mal parado, que recién hoy, tras largos años, me atrevo a recordarlo.

***

Doce años tenía yo cuando fue a pasar con nosotros una temporada a nuestra quinta, aquella preciosa amiga de mi madre que se llamaba Adela y era viuda reciente de un gallardo coronel.

Su fisonomía ha quedado fijada en mi memoria y el tiempo ha sido impotente para borrarla.

Aún me parece ver su cara morena coronada por el cabello crespo y negro; su boca roja, de labios carnudos, que dejaban ver unos dientes blancos y chiquitos que daban a su rostro una expresión infantil; sus ojos pardos, velados por largas pestañas y que brillaban de un modo tan particular; los hoyuelos de sus mejillas cuando reía; su naricita ñata y de expresión zafada y luego aquel lunar pequeño que tenía entre la comisura, izquierda de su labio inferior y la barba.

Ese lunar fue el que me enloqueció; él y solo él fue el autor de mi aventura desgraciada.

***

La tarde que llegó a la quinta llamome mi madre y enseñándome a ella le dijo, mientras yo colorado hasta las orejas no me atrevía a mirarla y disimulaba mi bochorno manteniéndome tieso como una estaca.

— ¡Ese es Francisco... el mayor!

—Un bonito muchacho... ¡Ven, dame un beso!

Me aproximé a ella y confuso le retribuí el que me diera y al recibirlo en los labios, sentí que me dejaba un gusto tan encantador como grande fue el aumento de mi turbación.

Aquella frase «un bonito muchacho» me cantaba en el oído con tanta dulzura cuanto que estaba habituado a ser objeto de pullas por mi deliciosa fealdad.

***

Repuesto de mi primera impresión, mirela a la cara y desde ese momento cesó el revoloteo de mi pensamiento de niño, fijándose en una aspiración a algo que horas más tarde mi precocidad me hizo adivinar lo que era.

Aquel bonito lunar de la barba me atraía, me hacía estirar imaginativamente hasta él los labios y besarlo frenéticamente.

En todo el resto del día sentí en mi boca el buen gusto dejado por el beso de la viuda reciente del gallardo coronel, y en todas partes veía un detalle de su cara graciosa.

Ocupó el cuarto vecino al mío y a través de la puerta medianera que se hallaba clavada, yo sentí en la noche como dormía; oí la respiración, el ruido de su cama que crujía bajo su peso cada vez que se movía y, más de una vez, mi imaginación, me hizo creer que sentía entre mis labios aquel lunar enloquecedor, mientras mis manos correteaban sobre carnes duras como el mármol y suaves como la seda.

¡Qué noche mártir la que pasé!

La imaginación no fue dominada ni un minuto. En esos momentos de fiebre, forjé el plan de agujerear la puerta para ver a la que me robaba mis pensamientos, hasta el momento en que apagara la luz.

***

Al otro día realicé mi idea de la noche y nunca esperé con tanta impaciencia la hora de dormir como entonces.

Llegada esta, me instalé al lado de la puerta con mis ojos, fijos en los agujeros y comencé a observar a la amiga de mi madre cómo se aprestaba a acostarse, enardeciéndome la sangre cada detalle.

Soltó la cabellera negra, quitose el vestido, luego dejó caer sus enaguas y para desprenderse el corsé, fuese ante el espejo del tocador.

A cada uno de sus movimientos, oleadas de sangre subían a mi cabeza y cuando vi que soltaba los tesoros de su seno, que temblaban bajo la fina tela de la camisa cada vez que se inclinaba, tuve que cerrar los ojos, temeroso de que se saltaran de las órbitas.

Después la vi trepar al lecho que al crujir me parecía que reía de placer al ser oprimido por aquel cuerpo encantador y en toda la noche no pegué los ojos pensando en mi vecina y recordando detalle por detalle, lo que había visto a través de la puerta.

***

En la mañana confié a Santiago, el viejo cochero de la casa —un compadre que siempre se complacía en hacerme malas pasadas— la pasión que me agitaba.

Habiendo oído decir que había remedio para hacerme querer pedile alguno y él riéndose me dijo:

—Vea… búsquese unas flores de saúco y échelas en la caldera de que ella toma mate… Lo va a buscar después… ¡va a ver!… ¡el saúco es milagrosísimo para el amor!

***

Y yo, inocente, seguí el consejo. A la tarde, después que ella había tomado mate con toda la familia, cebado con la infusión por mí preparada a escondidas de la sirvienta y de la cocinera, la observaba buscando en sus ojos una chispa de amor. Y como no lo viera, preparé para el mate de la noche una nueva dosis.

Acostose, previa una nueva inspección mía a través de los agujeros de la puerta y sentila inquieta en su cama.

Varias veces vi que se bajaba y abría la puerta que daba al patio.

—¡Oh! ¡Ella me ha de buscar!… —me decía temblando de gozo—. Ella me ha de buscar.

Y confiaba en los efectos del saúco sin notar que mi padre, mis tíos, mi madre, todos en fin, habían abierto las puertas de sus cuartos a altas horas de la noche.

***

¡Qué revolución al día siguiente en la casa!

Todos los habitantes mayores de edad andaban enfermos del estómago y yo, sin notarlo, continuaba a la expectativa del primer llamado que me hiciera mi adorada.

Como el hecho no se produjera, al medio día entré a la cocina a echar en la caldera mi yerba milagrosa.

Al ir a hacerlo, fui sorprendido por la cocinera que inmediatamente fue a avisárselo a mi madre.

— Señora, el niño Francisco echa saúco en las calderas… ¡yo lo he visto con estos ojos que se comerá la tierra! ¡Con razón todos andamos de purga!

***

Y fui llevado al escritorio de mi padre donde este se encerró conmigo. Con gesto severo me comenzó a interrogar, e intimidado le confesé el móvil de mi acción.

Túvome encerrado unas dos horas y cuando me puso en libertad todos los habitantes de la casa me miraban y se reían a mandíbula batiente.

En cuanto a ella, la Diosa de mis pensamientos, al verme no pudo menos que ruborizarse y luego, como todos los demás, estallar en una carcajada y exclamar al ver a mi madre que atravesaba el patio.

—¡Magdalena!… Ahí tienes tu hijo, el enamorado del purgante.

Y las lágrimas se me saltaron de los ojos.

Cosechaba mi primer desengaño.

LA MUJER VENGADA

Marqués de Sade

Volvamos a la gloriosa época en la que Francia tenía un sinfín de señores feudales que gobernaban arbitrariamente sus dominios, en lugar de treinta mil esclavos humillados ante un solo rey. No lejos de Fimes vivía el señor de Longeville, en su extenso feudo, con una castellana morena, no muy agraciada, pero sí impulsiva, avispada y sumamente amante de los placeres. Ella contaba con unos veinticinco o veintisiete años y él no más de treinta. Sin embargo, al llevar casados diez años, cada uno hacía lo que podía para distraerse del tedio matrimonial. La población, o más bien la aldehuela de Longeville, no ofrecía demasiados estímulos. No obstante, hacía dos ya años que él tenía un apaño discreto y satisfactorio con una campesina de dieciocho años, tranquila y cariñosa, llamada Louison. La agradable avecilla acudía todas las noches a la alcoba de su señor por una escala secreta, construida para eso en una de las torres, y por la mañana levantaba el vuelo antes de que la señora entrase en los aposentos de su marido, cosa que hacía normalmente a la hora de la comida.

Como es natural, la señora de Longeville estaba al corriente de las barbaridades de su marido, pero fingía ignorarlo todo porque aquello le daba la placentera libertad de divertirse también por su cuenta. No existe nada mejor que las esposas infieles, pues están tan ocupadas ocultando sus propias aventuras que vigilan las del vecino mucho menos que las mojigatas. Quien la entretenía a ella era un molinero llamado Colas, un fornido joven menor de veinte años, dúctil como la harina y apuesto como una rosa, que al igual que Louison entraba en secreto al castillo, acudía a los aposentos de la señora y se metía en su cama cuando todo estaba en calma. Nada habría alterado la apacible dicha de estas dos adorables parejas de no ser por el diablo, que metió las narices, y las habrían podido poner como ejemplo en toda Francia.

Estimado lector, no se ría por mi uso de la palabra ejemplo, pues cuando falta la virtud, siempre es mejor el vicio encubierto y prudente. ¿No es lo más conveniente pecar sin dar escándalo? ¿Qué peligro puede entrañar la existencia de un mal ignorado por todos? Además, por censurable que pudiese parecer esa conducta, ¿no serán un ejemplo más edificante el señor de Longeville, cómodamente recostado entre los cálidos brazos de su tierna campesina, y su respetable esposa, discretamente abrazada a su guapo molinero, que una de esas duquesas parisinas que todos los meses cambian de amante sin ocultarse, mientras su marido derrocha doscientos mil escudos anuales para mantener a una de esas impúdicas cortesanas que usan el lujo como máscara para ocultar su libertinaje?

Repito entonces que nada tan adecuado como aquel discreto arreglo que hacía felices a nuestros cuatro personajes, si no hubiese sido porque la discordia pronto vino a encizañar sus apacibles vidas. Resulta que el señor de Longeville, como tantos maridos tontos, albergaba la injusta pretensión de ser feliz él, pero no así su esposa, y pensaba, como les sucede a las perdices, que nadie le vería si escondía la cabeza. Así pues, cuando descubrió los líos de su esposa se lo comieron los celos, como si su propia conducta no justificase con creces la de ella, de manera que decidió vengarse.

—Que me engañe con un hombre de mi propia clase, bueno —se decía—. ¡Pero con un molinero, jamás! ¡Eso sí que no! Colas, pillo, tendrás que ir a moler a otro molino porque no quiero que se diga que el de mi esposa sigue abierto para recibir tu grano.

Y como el despotismo de aquellos señores feudales siempre se manifestaba con toda su crueldad, pues estaban hechos a disponer legalmente de la vida y de la muerte de sus vasallos, el señor de Longeville decidió hacer desaparecer al pobre molinero en el foso que rodeaba el castillo.

—Clodomir, tú y tus galopillos tenéis que librarme de ese infame que está manchando mi honra y la de mi esposa —ordenó un día a su cocinero.

—Muy sencillo. Si lo desea, podemos degollarlo y presentárselo trinchado como un cochinillo.

—No, no habrá que llegar a tanto —respondió el señor de Longeville—. Será suficiente con que lo metáis en un saco lleno de piedras y lo arrojéis al fondo del foso con ese bagaje.

—Haremos lo que ordena.

—Sí, pero antes habrá que cazarlo.

—Lo atraparemos, señor. Muy listo tendría que ser para escapar. Lo atraparemos, puede estar seguro.

—Hoy llegará al castillo a las nueve de la noche, como siempre —explicó el esposo agraviado—. Cruzará el jardín. Desde allí irá al primer piso y se ocultará en la salita que hay junto a la capilla, donde aguardará escondido hasta que mi mujer crea que me he dormido y vaya a buscarlo para llevárselo a sus aposentos. Dejaréis que haga eso, pero lo tendréis bien vigilado. Lo atrapáis cuando menos se lo espere y le dais de beber, para que se le apaguen los ardores.

El plan era redondo y, sin lugar a duda, el desventurado Colas habría servido de pasto a los peces si todos hubiesen tenido la boca cerrada. Pero Longeville había revelado sus planes a demasiada gente. Uno de los galopillos del cocinero, que estaba enamorado de la señora y que, probablemente, aspiraba a recibir junto con el molinero los favores de ella, en lugar de alegrarse por la desdicha de su rival como habría hecho cualquier otro hombre celoso, corrió a contarle los planes de su marido, y recibió a cambio un beso y dos brillantes escudos de oro que a él le parecieron mucho menos valiosos que el ósculo.

—De verdad que mi marido es muy injusto —comentó con disgusto la señora de Longeville a una de sus doncellas, que conocía todos los tejemanejes de su ama—. ¿No hace él lo que se le antoja? Y yo no digo ni mu. Pero luego me niega que yo me resarza de las noches de ayuno en que me tiene. Pues no voy a consentirlo, claro que no. Escucha, Jeannette, ¿querrás ayudarme con un plan que he urdido para salvar a Colas y poner en evidencia al señor?

—Claro, señora, haré lo que me pida... El pobre Colas es un joven tan apuesto, con esas caderas tan firmes y esos colores tan lozanos. Por supuesto, señora, ¿qué debo hacer?

—Avisa de inmediato a Colas para que no se acerque al castillo hasta que se lo ordene yo. Dile que te entregue la ropa que suele ponerse cuando viene por las noches. Después busca a Louison, la amante del bribón de mi esposo. Dile que vas de parte de él, y que desea que esta noche lleva esas ropas, que tú tendrás preparadas en el delantal. Dile, además, que esta vez no venga por el camino de siempre, sino que cruce el jardín, que entre por el patio al primer piso y se esconda en la sala que hay junto a la capilla hasta que vaya a buscarla el señor. Si te pregunta el motivo de estos cambios, di que es por los celos de la señora, que recela y puede tener vigilada la ruta habitual. Si siente temor, haz lo que sea para que se calme, pero no dejes de insistir en que vaya a la cita, ya que el señor tiene que hablar con ella unos asuntos de gran importancia sobre la escena de celos que le he montado.

La doncella cumplió el encargo a la perfección y allí estaba escondida la pobre Louison, a las nueve de la noche, en la sala contigua a la capilla, vestida como Colas.

—¡Ahora es el momento! —ordenó Longeville a sus secuaces—. Todos han visto esta infamia, ¿no es así?

—Así es, y vaya con el molinero, lo apuesto que es.

—Pues ahora entráis de golpe, le cubrís la cabeza con un trapo para que no grite, lo metéis en el saco y lo tiráis al agua.

Eso hicieron. La pobre Louison no pudo ni abrir la boca para advertir del error y no tardaron en arrojarla al foso por la ventana de la sala, metida en un saco lleno de piedras.

Finalizada la escaramuza, el señor de Longeville corrió a sus aposentos para recibir a su amada, que debería estar al llegar según pensaba, pues no podía ni imaginar que se hallase en un lugar tan húmedo. En mitad de la noche, inquieto al comprobar que nadie aparecía, el desdichado amante decidió ir en persona a la casa de Louison, aprovechando la luz de la luna. (Por cierto, momento que aprovechó la señora de Longeville para instalarse en la cama de su esposo, a quien había estado acechando.) El señor de Longeville solo supo por boca de los familiares de Louison que su amada había ido al castillo a la hora de siempre, aunque no le hablaron del extraño atuendo que llevaba, ya que ella lo había mantenido en secreto y había salido de casa sin ser vista.

De vuelta en su alcoba y a oscuras, pues la vela se había apagado, se acercó a la cama y entonces sintió el aliento de una mujer, que él confundió con el de su bella Louison. Así pues, sin pensárselo dos veces, se metió entre las sábanas y se puso a acariciar a su esposa y a dedicarle las tiernas efusiones que solía dedicar a su amada.

—¿Por qué me has hecho esperar tanto, bella mía? ¿Se puede saber dónde estabas, mi pequeña?

—¡Bribón! —gritó entonces la señora de Longeville, iluminando la estancia con una lámpara que tenía escondida—. Soy tu esposa, no esa buscona a la que entregas el amor que me corresponde únicamente a mí.

—Creo —respondió él fríamente— que estoy en mi derecho, sobre todo cuando llevas tanto tiempo engañándome con tanto descaro.

—¿Engañarte yo? ¿Con quién, si puede saberse?

—¿Crees que no estoy al corriente de las citas que mantienes con Colas, el molinero, uno de los más humildes de mis vasallos?

—Yo no me rebajaría tanto. Estás loco. No sé de qué me hablas. Te desafío a que lo demuestres si puedes —respondió ella con arrogancia.

—Para ser sincero, eso me va a costar, ya que acabo de arrojar al foso a ese miserable que mancillaba mi honor, así que no podrás verlo nunca más.

—Esposo mío —replicó la castellana con una desvergüenza nueva en ella— si por tus celos desvariados has ordenado arrojar a algún infeliz al agua, serás culpable de una terrible injusticia, porque ya te he dicho que el molinero no ha venido al castillo a visitarme.

—¡Pero bueno! Al final creeré que estoy loco…

—Pues lo más sencillo es aclarar este enredo. Que venga ese vasallo del que estás tan celoso sin motivos. Que vaya Jeannette a buscarlo, y veremos qué pasa.

La doncella, que estaba al corriente, obedeció enseguida y trajo al molinero. El señor de Longeville apenas si creía lo que veía, y ordenó que fuesen a averiguar a quién habían arrojado al foso. Pronto trajeron un cadáver, el de la pobre Louison.

—¡Cielos! La mano de la providencia está detrás de todo esto, pero no me lamentaré ni indagaré más. Eso sí, te voy a pedir algo: ya que has logrado librarte de la causante de tu desasosiego, librémonos también de quien me inquieta a mí. Que el molinero se marche la comarca para siempre ¿Trato hecho?

—Estoy de acuerdo. Que la paz y el amor reverdezcan entre nosotros, para que nada pueda volver a distanciarnos.

Colas desapareció para siempre, Louison fue enterrada y desde ese día no se ha visto en Francia ningún matrimonio más unido que el de los Longeville.

EL VELO DE LA ABADESA

Giovanni Boccaccio

Hay en Lombardía un convento, célebre por su santidad y la austera regla que allí se aplica. Una mujer, llamada Isabel, hermosa y de alta cuna, vivía allí hacía algún tiempo, cuando un día fue a visitarla, desde la reja del locutorio, un pariente suyo, a quien acompañaba un amigo, joven y altivo. Al verlo, la monja se prendó de él y el joven de ella. Sin embargo, durante mucho tiempo no tuvieron más resultado de su mutuo amor que los tormentos de la privación. Ahora bien, como ambos amantes no pensaban más que en la manera de verse y estar juntos, el joven, más ingenioso, halló un modo infalible de deslizarse a escondidas en la celda de su amada. Locos de contento por un descubrimiento tan afortunado, se resarcieron del ayuno pasado, disfrutando mucho tiempo de su felicidad sin contratiempos. Pero finalmente la fortuna les volvió la espalda. Los encantos de Isabel eran muy notorios, como la gallardía de su amante, para que ella no fuese el blanco de los celos de las demás sores. Varias espiaban sus actos y, sospechando lo que sucedía, apenas le quitaban ojo. Una noche, una de las religiosas vio salir al amante de la celda y de inmediato contó su descubrimiento a algunas de sus compañeras, las cuales decidieron decírselo a la abadesa, llamada Usimbalda, que a los ojos de sus monjitas y quienes la conocían pasaba por ser la bondad y la santidad personificadas. Para que su acusación se creyese y que Isabel no pudiese negarla, se dispusieron de modo que la abadesa sorprendiese a la monja en brazos de su amante. Trazado el plan, todas comenzaron a vigilar para sorprender a la palomita, que vivía ajena a todo aquello. Una noche que había citado a su amante, las malvadas centinelas lo vieron entrar en la celda, y decidieron que mejor era dejarlo gozar de los placeres del amor antes de levantar la liebre. A continuación, formaron dos secciones, una de las cuales vigilaba la celda, mientras que la otra fue a buscar a la abadesa. Llamaron a la puerta de su celda, y le dijeron.

—Venid, señora, sin tardanza. La hermana Isabel está encerrada con un joven en su celda.

Al oír aquel tumulto, la abadesa, atemorizada y para evitar que, en su precipitación, las monjas tirasen abajo su puerta y encontrasen en su cama a un cura que con ella yacía, y que la buena abadesa introducía en el convento metido en un baúl, se levantó apresuradamente, se vistió como mejor pudo y, creyendo que se cubría la cabeza con la toca monjil, se encasquetó los calzones del clérigo. Con aquel atuendo tan grotesco, que las monjas no notaron en su precipitación, y gritando la abadesa: «¿Dónde está esa hija maldita de Dios?», llegaron a la celda de Isabel, tiraron abajo la puerta y vieron a los dos amantes acariciándose. Ante aquella intromisión, la sorpresa y la cobardía los dejó inmóviles; pero las furiosas monjas agarraron a su hermana y, por orden de la abadesa, la llevaron al capítulo. El joven permaneció en la celda, se vistió y quiso aguardar el desenlace de la aventura, decidido a vengarse de las monjas que cayesen en sus manos por el maltrato dispensado a su amada si no se la respetaba, y hasta pensando en raptarla y huir con ella.

La superiora llegó al capítulo y ocupó su asiento. Los ojos de todas las hermanas estaban clavados en la desdichada Isabel. La madre abadesa comenzó su rapapolvo, adorado con las injurias más picantes. Tachaba a la infeliz culpable de mujer que en sus actos abominables ha mancillado y arruinado el prestigio y la santidad que disfrutaba el convento. Isabel, avergonzada y retraída, no se atrevía a hablar ni a levantar los ojos, y su conmovedora vergüenza compadecía hasta a sus enemigas. La abadesa continuó sus invectivas, y la monja, como si recuperase el ánimo ante los excesos de la superiora, se atrevió a levantar la mirada, fijarla en la cabeza de aquella que estaba reconviniéndola, y vio los calzones del cura, que le servían de toca, lo cual la alivió.

—Señora, que Dios os ampare. Sois libre de decirme cuánto gustéis; pero, por favor, componeos vuestro tocado.

La abadesa, no comprendió el significado de estas palabras.

—¿De qué tocado hablas, descarada? ¿Eres tan atrevida que quieres burlarte de mí? ¿Te parece que tus fechorías son de risa?

—Señora, repito que sois libre de decirme cuanto gustéis; pero, por favor, componed vuestro tocado.

Aquel ruego tan extraño, repetido con énfasis, hizo que todos los ojos se dirigiesen a la superiora, al tiempo que empujó a esta a llevarse la mano a la cabeza. Entonces se supo por qué Isabel había dicho lo que dijo. Atónita la abadesa, viendo que era imposible ocultar su aventura, cambió de tono, concluyendo por demostrar lo difícil que era resistirse continuamente al aguijón de la carne. Tan dulce en esos instantes como severa había sido momentos antes, permitió a sus ovejas que siguiesen divirtiéndose en secreto (cosa que nadie había dejado de hacer ni un segundo), cuando se les presentase la ocasión y, tras perdonar a Isabel, regresó a su celda. Se reunió la sor con su amigo y lo metió otras veces en su celda sin que la envidia le impidiese ser feliz.

LA AVENIDA DE LOS PLÁTANOS

Catulle Mendès

La señora Lise de Belvélize visitaba al pintor Sylvère Bertin en el pabellón que le servía de taller, al final de la larguísima avenida de los plátanos, tan larga que se requerían más de cuatro minutos para llegar desde la verja del jardín hasta la puerta del taller. Como es natural, era una verdadera osadía que ella hubiese acudido sin su esposo, sin la amiga que solía ir con ella; resumiendo, sola a casa de aquel joven célebre por ser tan temerario no tanto en gestos como en propósitos, y de quién ella sabía desde hacía tres meses que la deseaba con pasión. Pero ella no era persona que retrocediese por solo una mirada un poco intensa de más. En su garbo donoso, tenía ella un aire altanero —el aspecto de una reina— que impone la admiración a los más irrespetuosos. Allí donde otra se arriesgaría a revelar rubor, ella no corría peligro alguno. Por ello, entró en el pabellón sin reparos, más bien por la curiosidad de ver un taller de artista con sus mil figuritas y sus cuadros a medio pintar. ¡Cómo! ¿Solo por curiosidad? Solo. ¿No sentía ninguna tierna atracción hacia Sylvère Bertin, pese a lo atractivo que era con su lozana boca bajo un espeso mostacho negro? No sentía ninguna y, aunque por casualidad —pues hasta lo imposible es posible—, ella hubiese exagerado debajo de su falda la elegante abundancia de ropa interior de encaje bordado, lo cierto es que se sentía tan deseada como segura de ser respetada.

¡Al principio su confianza no se vio decepcionada! Sylvère saludó a la visitante con la solicitud más intachable. No se le acercó demasiado, tratando de no mostrar sus impulsos. No trató de rozarle los dedos poniéndole en la mano los frágiles cucuruchos de Yeddo, esos ídolos pequeños de jade verde que forman una especie de altar en la chimenea tapada con una túnica con abalorios dorados. Ni siquiera tuvo un temblor en los párpados, que hubiese sido perjudicial, cuando le hizo admirar, detrás de la mesa de los modelos, en un ángulo un tanto oscuro, los antiguos satenes y los tapices del diván, evocador natural de culpables deseos pese a todo. Así que, satisfecha, —¿satisfecha? ¡eh! sí, yo digo que tanto como sería posible— fue a retirarse y, habiendo inclinado ya el cuello en un saludo muy digno, de repente, tras tomar a manos llenas sus cabellos como el héroe de un melodrama que se siente invadido por la locura, Sylvère Bertin exclamó: «¡No, no y no!» y se arrojó a las rodillas de Lise de Belvélize extendiendo los brazos que pronto abrazaron la huidiza resistencia de la falda indignada con razón.

¡Ah! ¡Ustedes no estaban allí, escépticos desconfiados de las actuales costumbres mundanas! ¡Qué obligados se verían a admirar la actitud de la decente joven! Agitada por la cólera, pero con una sonrisa de real desdén en la curvatura de los labios, levantó la mano haciendo un gesto de rechazo al que no habría que replicar nada. A continuación, con unas breves palabras, hizo comprender al impúdico la insultante incongruencia de su conducta. ¿Por quién la tomaba? ¿Cómo la creía capaz de faltar a sus deberes, al sagrado compromiso contraído con el marqués de Belvélize? Desde luego que ella no habría esperado de un hombre bien educado una grosería tan atrevida. «¡Debería darle vergüenza, señor!», dijo finalmente. ¿Avergonzarse? Sylvère Bertin pareció reconocer, en efecto, ante una virtud tan elevada, que era el único partido que le quedaba por tomar.

Se levantó, con los pómulos rosados como los de un niño sorprendido en una diablura, se volvió con aspecto de un remordimiento muy humilde y la señora de Belvélize, que empujaba con altivez la puerta, dio un paso fuera del taller.

Pero entonces:

—¡Ah! ¡Dios mío! —exclamó el pintor con voz horrorizada.

—¿Qué ocurre?

—¡Ay! ¡Dios mío! ¡Ay! ¡Dios mío!

—¿Qué sucede? ¡Diga!

—Allí abajo…, por ese vitral, mire…, en la avenida…

—¿En la avenida?

—Sí, junto la verja, cerca de la portería…

—¿Sí?

—Está preguntando… Viene aquí…

—¿Quién?

—¡Su esposo!

Aterrada de ser vista, alarmada, ¡Lise de Belvélize corrió al fondo del taller!

—¡Mi esposo! ¡Me habrá seguido! ¡Sabe que estoy aquí!

—No. Es improbable. Él suele venir a visitarme dando un paseo.

—¡Da igual! ¿Qué pensará si me ve en su casa, sola? Estoy perdida, me matará.

Tartamudeaba con la cabeza entre las manos.

—¡Yo la salvaré! —exclamó el pintor con gesto magnánimo. ¿Desea que lo espere detrás de la puerta y lo estrangule antes de que haya franqueado el umbral?

—No… Busquemos otro medio antes de llegar a esos extremos. ¡Hágame salir!

—¡Imposible! Esta es la única salida y nos vería.

—¡Escóndame!

—No hay más habitaciones en este taller.

—¿En un armario?

—Mire bien, ¡no hay armarios!

—¿Detrás de esas cortinas?

—Él es curioso y acostumbra a fisgarlo todo.

—Pues entonces levante una barricada en la puerta. Cuando llame, no abra y creerá que no hay nadie.

—El portero ha debido decirle que estaba aquí.

—¡Es espantoso! No tendrá que matarme. Siento que me muero de miedo.

Pero Sylvère Bertin, tras echar un vistazo a la avenida, dijo:

—A ver, no perdamos la cabeza. ¡Calma! Solo ha pasado el primer plátano a la izquierda. Hay catorce en cada lado. Tenemos tiempo. Pensemos.

—¡Ay! Sí, sí, piense, ¡piense en algo!

Él pensó, con la mirada fija y la boca fruncida.

—¡Ah!

—¿Sí? —gimió ella ansiosa.

—¡Tengo la solución! Yo respondo de todo.

Corrió a la pared y descolgó un largo velo de gasa con lentejuelas doradas, un collar de bailarina oriental y una indumentaria con la que había plasmado alguna danza exótica sobre una pintura.

—Envuélvase la cabeza con esto.

—¿Por qué?

—¡No perdamos tiempo en palabras inútiles! Una vuelta más. Otra vuelta. Bien. Ahora súbase a la mesa de los modelos.

—¿A la mesa…?

—Sí. Allí, con el velo encima, no sabrá que es usted. La tomará por una mujer que posa. Y yo lo echaré enseguida.

—¡Qué buena idea! Ya subo.

Pero Sylvère Bertin se golpeó las manos con rabia.

—¡Soy un idiota! ¡Esta idea es ridícula! Él conoce su vestido. Además, nadie posa con ese traje y un velo dorado sobre la cara.

—¡Es verdad! ¡Qué va a ser de mí!

Él siguió pensando.

—Vamos —dijo con aire de terrible resolución—, no hay otra forma. ¡Hay que hacerlo!

—¡Oh! ¿Va a matarlo?

—No. ¡Desvístase!

—¿Cómo?

—¡Que se desvista! Las modelos están desnudas. Quédese en cueros.

—¡Yo! Que yo…

—Con el rostro cubierto… sin vestido…

—¡Está usted loco!

—… Sin blusa ni nada…

—¡No quiero!

—… No la reconocerá. Por amor de Dios, ¡hágalo ya! Yo esconderé sus ropas debajo de los muebles.

—¡Pero es imposible! Ha perdido el juicio.

—Señora, ¡su esposo ya debe haber pasado el quinto plátano!

—Pero… es que delante de usted…

—¡El sexto!…

—Me desmayaría de vergüenza.

—¡El séptimo!

—¿Qué mujer honrada podría decidirse…?

—¡El octavo!

—Desvestirse, es casi peor que…

—¡El noveno!

—Si al menos usted me jurase…

—¡El décimo!

—¡No mirarme!

—¡El undécimo!

—¡Ay! ¡Qué horror!

¡Pero qué remedio! Tuvo que resignarse a la odiosa necesidad. La blusa, la falda, el corsé, luego las sedas íntimas y las batistas de primero, todo se lo quitó, como un ave que se despluma a sí misma. Solo el rostro oculto bajo un velo de gasa dorada. Allí estaba de pie, sobre la mesa de los modelos, como una deslumbrante diosa a quien le quedaría hasta en el cuello algo de la desnudez de los cielos abandonados. Y temblaba. Pero tanto le torturaban las alarmas por el que iba a golpear la puerta, el que iba a entrar, que se diría que se había olvidado de Sylvère Bertin, maravillado, excitado, con los ojos como platos fijos en ella, ¡extendiendo hacia ella sus ardientes manos!

Pero, transcurrido un minuto:

—¿Y bien? —preguntó ella bajo el velo.

Extasiado, él no respondió.

—¡Y bien! ¿Y mi esposo? No oigo nada. ¿Es que no ha pasado aún el último plátano?

—¡Ay, señora! —exclamó Sylvère cayendo de rodillas—. Su esposo no ha venido, ni lo hará. ¿Me perdonará la treta que he empleado para lograr el más incomparable encantamiento jamás permitido a unos ojos mortales?

Y agachó la cabeza, como alguien sobre quien va a descender un rayo. Pero, en vez del trueno, sonó una risita en el aire, cerca de él. ¡Lanzó un grito de alegría! y, abrazándola, oyó que ella le susurraba al oído: «¡Bobo! ¿Creía que no había adivinado su artimaña?» mientras se dejaba arrastrar hacia el diván forrado de antiguos satenes y suaves tapices.

ACÚSOME PADRE

Fray Mocho

Era ella una mujer de la vida alegre, como se decía antiguamente, o una horizontal, como se dice hoy en que afrancesarse es la moda.

Inteligente, instruida lo bastante para llamar la atención, y narradora admirable, se podían pasar momentos agradabilísimos en su compañía.

Yo cultivaba su amistad aun cuando con ciertas reservas, dada mi posición social.

En mis frecuentes conversaciones con ella había notado su gran animadversión hacia los miembros del clero, hacia los pollerudos como los llamaba, y, una noche en que, en la mayor intimidad tomábamos una botella de cerveza en su modesto comedor, le averigüé las causas.

—Vea —me dijo—, los aborrezco porque a uno de ellos le debo el no ser una mujer honrada… o mejor dicho, ¡ser lo que soy! —Y me refirió, poco más o menos, lo siguiente.

***

—En 1872 tenía yo 17 años y era una pollita de las que ustedes llaman ricotonas… no es por alabarme.

»Mis padres gozaban de una posición no desahogada, pero sí mediana, querían hacer de mí una maestra de escuela y me tenían en un Colegio de Hermanas de Caridad situado en la parroquia de X... en que vivíamos y próximo a mi casa.

»Todas las mañanas iba a él a las seis y lo dejaba a las cinco de la tarde, recorriendo sola el corto trayecto y teniendo por costumbre entrar a la venida y a la ida al templo parroquial, que me quedaba de camino a hacer mis oraciones.

»Extremadamente religiosa por mi educación, encontraba en mi madre grande estímulo para observar las prácticas piadosas, pues, me hacía confesar casi diariamente ignorando la pobre que con ello cavaba la fosa en que había de sepultar la felicidad de mi vida.

»Era mi confesor, el párroco del templo en que siempre oraba, un sacerdote extranjero como de treinta años de edad, bastante buen mozo y que dada la frecuencia con que me veía había llegado a tener conmigo cierta confianza.

»Con motivo de mi primera comunión me atestiguó su afecto, regalándome varias estampitas iluminadas y un libro de misa lleno de viñetas y con los cantos dorados.

»Esos obsequios, como lo comprenderá, lo elevaron a grande altura en mi consideración de niña y estrecharon los vínculos de la especie de amistad que nos ligaba, imprimiéndole un sello de intimidad de que antes carecía.

»Como prueba de amistosa distinción acabó por no oírme en el confesonario; lo hacía en la sacristía, y en la secretaría y llegó hasta darme un beso en la frente varias veces, después de terminada la confesión.

»Un día de tantos llevome a la secretaría y sentándose en el gran sillón forrado de seda punzó que había frente al escritorio, llamome a su lado y levantándome en alto cuando yo menos lo pensaba, me colocó en sus faldas.

»Este proceder me llenó de turbación, pero el respeto que le profesaba no dejó triunfar en mí la idea que tuve de separarme de su lado y buscar un asiento más propio y donde me hallara con más tranquilidad. Me acuerdo que me latía el corazón muy ligero.

»Después de arreglarme las ropas descompuestas por el esfuerzo hecho para alzarme, recuerdo que me dijo al mismo tiempo que me daba un beso en la boca sin que pudiera impedirlo:

»«¡Si vieras la sorpresa que te preparó para el próximo domingo!… Te voy a hacer un regalo precioso, a ti que eres la niña más buena, más piadosa y más linda de la parroquia… ¿A qué no adivinas lo que voy a regalarte?».

»Y su voz temblaba un poco.

»«¡No padre!…», le contesté toda ruborizada porque sentí su mano izquierda apoyarse sobre mis rodillas, dulcemente y como al descuido, mientras que con la derecha me retenía en sus faldas.

»«¡Bueno!… ¡Adivina!… piensa en lo que más te guste…». Y volvió a besarme, pero esta vez en el cuello.

»Permanecí muda, me preocupaba aquella mano izquierda que me acariciaba cada vez con más franqueza y que se había ocultado a mis ojos.

»«¡Pues te voy a regalar un bonito relicario de oro con una reliquia milagrosísima!…». Y apretándome al mismo tiempo contra sí, me dio un beso en la oreja que me mareó, mientras que aquella mano que me preocupaba, avanzaba… avanzaba… y me hacía deliciosas cosquillas.

»Mi pudor, revelándose súbitamente, pudo más que el placer que me causaba la promesa de mi confesor y sus cosquillas que me movían a risa. Repuesta del aturdimiento que me produjo su beso en la oreja y roja de vergüenza, me dejé caer de sus faldas y quise alejarme.

»«¿Qué tienes?... —me preguntó con un aire de inocencia que algo me tranquilizó, reteniéndome no obstante por la cintura, vuelta mi cara hacia él...— ¿No te gusta mi regalo... eh?...».

»Y nuevamente comenzó a hacerme cosquillas aun cuando esta vez con ambas manos.

»Yo me eché a reír.

»También se rio él y continuó acariciándome.

»Luego me preguntó si sus caricias me gustaban, en un momento en que me puse más encendida que nunca, y me dio un prolongado beso en los labios que yo recuerdo que devolví, sin saber ni lo que hacía y sin poder hablar una palabra.

»Después volvió a colocarme sobre sus faldas sin que opusiera la menor resistencia; una emoción desconocida paralizaba mis miembros.

»Mis manos temblaban, y mi corazón lo sentía latir como nunca; la sangre me comenzó a subir a la cabeza y noté que mis mejillas ardían y mi boca se secaba al calor de aquel fuego de que era presa.

»Lejos de hacerme experimentar cosquillas las caricias de mi confesor, me producían una sensación voluptuosa que a pesar de mi turbación me deleitaba.

»Largo rato estuvo besándome y yo devolviéndole sus besos; sus manos temblaban tanto como las mías.

»De repente mi boca se unió a la suya ardientemente y casi a mi pesar; algo como una nube pasó sobre mí y creo que me desmayé.

»Solo sé que perdí la noción de mi propio ser y que en ese momento di besos como jamás los he dado.

**

—Me parece innecesario decirle que desde esa tarde me confesé todos los días en la secretaría, con la puerta cerrada.

»A los seis meses de confesión continua abandoné furtivamente esta ciudad acompañada de mi confesor y me dirigí al Brasil de donde pasé a Europa.

»Regresé a los nueve años y ya no encontré familia en Buenos Aires; ¡mis pobres viejos habían fallecido!

—Y él —le pregunté—, ¿qué se hizo?

—Me abandonó en Marsella... los curas son como todos ustedes... pan para hoy y hambre para mañana!

ENTRE MI TÍA Y YO

Fray Mocho

Fue un secreto que siempre quedó entre yo y mi tía Candelaria, la razón que esta tenía para decir con una sonrisa de aquellas que eran de su exclusiva propiedad, cada vez que mis padres hablaban de la carrera a que me dedicarían.

—Háganlo estudiar para cura… ¡tiene condiciones!

¡Cuánto tormento, cuánto rato amargo me hizo pasar esta frase que con toda dureza me reprochaba una mala acción!

Hoy, que tanto me separa de entonces, no me es desagradable referir la triste aventura que influyó más a que yo me ordenara y que muchas veces me hizo renegar hasta de la vida, siendo generadora de aquel dicho burlesco que a mí me encendía la sangre.

***

No sé por qué, pero el hecho es que cuando yo tenía diez años nada había que me distrajera más que mirar a mi tía Candelaria.

Tenía doble edad que yo y era una muchacha alta, gruesa, bien formada y llena toda ella de una gracia especial.

Me recuerdo que los hombres en la calle no podían mirarla sin chuparse los labios.

A mí me causaba delicia ver los pelitos rubios, encrespaditos, que tenía tras de la oreja, sus labios rojos, sus dientes blancos como su rostro y, sobre todo su pechera, su hermosa pechera en la cual me gustaba tanto recostarme, probablemente debido a los perfumes de que la saturaba y que yo aspiraba con fruición.

Confundiendo ella su placer con el cariño, buscaba siempre ocasión de acariciarme y yo no perdía medio de conquistarme sus caricias, sus caricias que me hacían venir ganas de estirarme como los gatos cuando se les rasca la barriga.

***

Un día a esa ardiente hora de la siesta, en que es quemante hasta la luz, se encerró conmigo en el comedor con el objeto de que no anduviera al sol mientras mis padres dormían. La inacción hizo que el sueño me venciera y recordándome de repente, encontrela recostada en el gran sillón de mi madre, con toda la ropa desprendida y durmiendo a pierna suelta.

No bien abrí los ojos no sé qué espíritu maléfico acarició mi mente, pero el hecho es que se apoderó de mi la idea de ver desnuda su pechera.

Y despacio, despacito, me acerqué a ella, y por sobre su hombro quise mirar los encantos que las ropas revelaban.

***

No consiguiéndolo me arrodillé a su lado y con toda precaución aparté los lazos de su vestido desabrochado; luego con mayor cuidado aún, comencé a entreabrir su camisa espiando con mirada ardiente por entre las rendijas y teniendo cada vez ideas más malignas a medida que adelantaba en mis investigaciones.

Mis manos temblorosas le producían probablemente cosquilleo voluptuoso, porque noté que la tela se inflaba de repente a impulsos de una fuerza interior de que no me daba cuenta y que ella dando un gran suspiro se reclinaba hacia el lado derecho.

Su movimiento dejó de descubierto lo que tanto ansiaba ver; dos montoncitos de carne blanca, tersa y satinada, coronados con una mancha roja semejante a una hoja de rosa.

Ignoro cómo fue pero el hecho es que no atiné ya a guardar reservas y que le di un beso en aquel surco blanco que separaba aquellas hinchazones que me atraían; después... después, lamenté no tener dos bocas para acercarlas a un tiempo a las hojas de rosa!

***

El furor de mis besos la despertaron, después de dar un gran suspiro y dejar caer sus blancos, mórbidos y torneados brazos a lo largo de su cuerpo.

Aún recuerdo la expresión de asombro con que me miró y la vergüenza que me produjo esa mirada obligándome a taparme la cara con las manos.

—Pícaro... zafado... —exclamó mientras reparaba el desorden introducido por mí en sus ropas— ...¡luego verás con tu padre!

Me eché a llorar desconsoladamente y ella sin piedad se levantó, abrió la puerta y me hizo salir afuera dándome un suave pellizco en el pescuezo.

***

Llegó la noche y la tía Candelaria no le contó a mi padre lo sucedido y pasó el otro día y tampoco lo hizo, pero jamás volvió a acariciarme ni yo a buscar sus caricias.

Sin embargo, cuando me encontraba en su presencia me hallaba violento y temía siempre una revelación de sus labios!

Esta aventura fue el secreto que siempre guardamos y le hacía decir a mi tía Candelaria cuando mis padres hablaban de darme una carrera.

—Háganlo estudiar para cura… ¡tiene condiciones!

EL ASNO DEL COMPADRE PIETRO

Giovanni Boccaccio

Había en Barletta el año pasado un sacerdote, llamado micer Giovanni de Barolo, cuyo beneficio no le daba para vivir. Por tal motivo iba de un lado a otro, en las ferias de Apulla, con un borrico cargado de mercancías para venderlas. Recorriendo la comarca se encontró con un tal Pietro, del pueblo de los Tres Santos, que ejercía el mismo oficio que Barolo en un asno. Según era costumbre de la comarca, él no lo llamaba de otro modo que compadre Pedro, debido a la familiaridad que los unía. Siempre que llegaba a Barletta, se lo llevaba con él y lo hospedaba y agasajaba lo mejor que podía. Aquellas atenciones eran recíprocas, pues el compadre Pietro, que poseía únicamente en Tres Santos una casita que apenas bastaba para alojar a su asno, a su esposa, joven y guapa, y a él, también hospedaba a micer Giovanni cuando le honraba con su presencia. Sin embargo, al llegar la hora de irse a dormir, el compadre Pietro no podía satisfacer su buena voluntad, ya que solo poseía una cama que compartía con su esposa. Así pues, micer Juan debía acostarse sobre un montón de paja, junto a su borrico, que hacía compañía al asno, en un pesebre muy pobre. La señora Giovanna, sabedora del buen trato que recibía su marido en Barletta por parte del cura, había propuesto varias veces ir a dormir a casa de una vecina, llamada Zita Carapresa, y dejar su sitio al bueno del sacerdote; sin embargo, él se negaba a permitir tal arreglo. Un día para justificar su negativa:

—Comadre Giovanna —le dijo—, no se moleste por mí, pues no soy tan digno de lástima como pueda parecerle. Siempre que se me antoja, cambio mi borrico por una linda joven y después lo devuelvo a su primitiva forma. Créame, pues, que no puedo ni deseo perderlo de vista.

Giovanna, que era muy sencilla, creyó tal prodigio y se lo contó a su marido.

—Si el cura es tan amigo tuyo como parece —le dijo—, ¿por qué no te cuenta su secreto? Podrías convertirme en burro, y con nuestro asno y yo, tus negocios irían mejor, pues ganaríamos el doble.

El compadre Pietro, que no era demasiado listo, cayó también en el engaño y, siguiendo el consejo de su mujer, enseguida instó a micer Giovanni para que le contase su secreto. Este hizo cuanto pudo para disuadirlo de su idea, pero al no poder conseguirlo:

—Ya que lo queréis a toda costa, mañana nos levantaremos al despuntar el alba, como solemos, y os mostraré mi ciencia —les dijo.

El lector o lectora imaginará que la esperanza y la impaciencia no dejaron pegar ojo durante buena parte de la noche al compadre Pietro y a la comadre Giovanna. En cuanto empezó a clarear, se levantaron y llamaron al cura.

—No me gustaría descubrir mi secreto a nadie en el mundo —les dijo—; pero como me lo habéis exigido vosotros, a quienes nada puedo negar, lo haré. Ahora bien, si queréis instruiros como conviene, haced al pie de la letra lo que voy a prescribiros.

Los dos aldeanos se lo prometieron y micer Giovanni tomó una vela y se la dio al compadre Pietro, diciéndole:

—Mira bien todo lo que yo haga y recuerda con precisión las palabras que voy a pronunciar; pero, sobre todo, amigo mío, no digas nada, haga yo lo que haga, porque una sílaba que tú pronuncies echaría todo a perder, y no podríamos comenzar de nuevo. Ruega encarecidamente para que pueda atar bien la cola, pues es lo más difícil de este asunto.

El compadre Pietro tomó la vela y juró cumplir al pie de la letra las órdenes del mago.

Entonces, micer Juan hizo que Giovanna se quitase toda la ropa, sin exceptuar ni una prenda, y le ordenó colocar manos y pies en la misma postura que los burros; después, tocándole el rostro y la cabeza dijo: «Que esto se convierta en una hermosa cabeza de jumento». Luego repitió lo mismo con el cabello: «Que esto sea una bella crin de burro». Posó las manos en el pecho de la mujer, donde agarró dos globos flexibles y fuertes, cuyo tacto pronto hizo efecto en una de las zonas secretas de micer Giovanni: «Que esto —prosiguió— sea un hermoso pecho de borrico». Lo mismo hizo con el vientre, caderas, piernas y brazos. Solo faltaba formar la cola o, más bien, colocarla. El cura se colocó frente de las posaderas de Giovanna y, mientras apoyaba una de las manos sobre la grupa, agarró con la otra el instrumento con el que se crea a los hombres, y lo introdujo en su vaina natural. Sin embargo, apenas lo hubo introducido, Pietro, que hasta entonces había observado todo atentamente sin pronunciar una palabra, al no encontrar esta operación de su agrado gritó:

—Alto ahí, micer Giovanni; nada de cola, nada de cola. ¿No ve que la ponéis muy abajo?

El cura no soltaba su presa, de manera que el marido fue a estirarle la sotana.

—¡Malhadado necio! —exclamó muy enfadado micer Giovanni, que no había acabado a gusto su trabajo—. ¿No te había rogado el más profundo silencio, vieras lo que vieses? La transformación iba a iniciarse justo ahora, pero tu maldita charla ha echado todo a perder, y lo peor es que no puedo volver a empezar.

—Lo cierto es que no me agrada semejante cola —repuso Pietro—. Además, la estaba poniendo muy abajo. Si fuese de absoluta necesidad, ¿por qué no me ha llamado a mí para colocarla?

La joven, que se había aficionado a esta última parte de la ceremonia:

—¡Pero que bruto eres! —le dijo al simplón de su marido—. ¿Por qué has echado a perder tus asuntos y los míos? ¿Has visto alguna vez a un burro sin cola? Vas a ser un tonto hasta que te mueras. Un instante más y todo habría quedado terminado. No culpes a nadie más que a ti mismo si seguimos siendo pobres.

Como la indiscreción de Pietro había eliminado cualquier posibilidad de convertir en un burro a una mujer, Giovanna se vistió, el compadre Pietro trató de seguir sus tareas con un solo asno, no quiso acompañar a micer Giovanni a la feria de Bitonto y en lo sucesivo no volvió a pedirle otro borrico.

EL ESPEJO VIVO

Catulle Mendès

No habían podido sustituir el espejo roto que reflejaba en el dormitorio los abrazos desnudos, puesto que él y ella eran demasiado pobres, así que para el amante era una desolación terriblemente cruel, pues antes le había resultado tan dulce, ¡ay!, más dulce de lo que era capaz de expresar, ver multiplicada por dos a su muy bella querida.

¡Él no idolatraba una boca, sino dos rosas rojas!, ¡no dos ojos, sino cuatro pequeños cielos azulados! ¡Cuatro fresas rosadas y maduras tentaban su labio anhelante también de dos lirios dorados medio cerrados en la nieve!… Por desgracia No habían podido sustituir el espejo roto que reflejaba en el dormitorio los abrazos desnudos, puesto que él y ella eran demasiado pobres.

Tanto se lamentaba él que la muchacha, compasiva, decidió acudir en su ayuda. «¡Bueno! ¿cómo lo consoló?» Tenía una amiga que era tan linda como ella misma en todos los aspectos, igual de gruesa, no menos rosada donde conviene y tan dorada donde debe estarlo. Que nadie crea que desde entonces el amante pierde el tiempo lamentándose por el espejo roto que refleja en el dormitorio los abrazos desnudos.

HAY SITIO PARA DOS

Marqués de Sade

Una bella burguesa de la rue Saint-Honoré, que frisaba los veinte años, rolliza, rechoncha, con las carnes lozanas y apetecibles, de formas bien torneadas aunque un tanto abundantes y que a tantos atractivos sumaba una gran presencia de ánimo, vitalidad y la mayor de las aficiones a todos los placeres prohibidos por las rigurosas leyes del matrimonio, se había decidido desde hacía casi un año proporcionar dos ayudas a su viejo y feo marido, que no solo le asqueaba, sino que, para colmo, poco y mal cumplía sus deberes que, quizá, un poco mejor llevados a cabo habrían podido calmar a la exigente Dolmène, que así se llamaba nuestra burguesa. Nada había mejor organizado que las citas concertadas con dos amantes: a Des-Roues, un joven militar, le tocaba de cuatro a cinco de la tarde, y de cinco y media a siete le tocaba a Dolbreuse, un joven comerciante con la figura más apuesta que se pudiese contemplar. Era imposible fijar otras horas, pues eran las únicas en que la señora Dolmène estaba a solas. Por la mañana debía atender al comercio y por la tarde tenía que ir allí en ocasiones o bien su marido regresaba y debía hablar de sus negocios. Además, la señora Dolmène le había confesado a una amiga que prefería que los momentos de placer fuesen seguidos; así no se extinguía el fuego de la imaginación —decía—, nada tan agradable como pasar de un placer a otro sin el fastidio de tener que empezar de nuevo; ya que

145

la señora Dolmène era una adorable criatura que calculaba al máximo todas las sensaciones del amor. Muy pocas mujeres las desgranaban como ella y gracias a su talento había comprendido que, bien mirado, valían mucho más dos amantes que uno solo. En cuanto a la reputación, casi daba igual, uno tapaba al otro, la gente podía equivocarse, podía ser siempre el mismo que iba y venía varias veces al día, y en cuanto al placer, ¡qué diferencia!

La señora Dolmène tenía un miedo atroz a los embarazos. Convencida de que su marido jamás cometería con ella la locura de estropearle la figura, también había pensado que con dos amantes el peligro de lo que tanto temía era mucho menor que con uno solo, pues —decía ella como buena anatomista— los dos frutos se destruyen entre sí.

Cierto día, el orden marcado para las citas se alteró y los dos amantes, que jamás se habían visto, se hicieron amigos de un modo bastante divertido, como vamos a ver. Des-Roues era el primero, pero había llegado tarde y, como si el diablo hubiese intervenido, Dolbreuse, que era el segundo, llegó un poco antes.

El lector avisado comprenderá enseguida que la combinación de estos dos errores debía conducirlos a un encuentro inevitable que, como es natural, se produjo. Pero mostremos cómo fue la cosa y, si es posible, aprendamos de ella con toda la reserva y la educación que exige tal materia, en sí misma de lo más licenciosa.

Debido a un capricho bastante singular —y los hombres tienden a tantos— nuestro joven militar, ya harto del papel de amante, quiso interpretar esta vez el de amada. Así pues, en vez de tenderse amorosamente estrechado por los brazos de su divinidad, prefirió abrazarla él a su vez. En pocas palabras, lo que suele quedar debajo, él lo colocó encima. Tras este intercambio de papeles quien se inclinaba sobre el altar en el que solía realizarse el sacrificio era la señora Dolmène que, desnuda como la Venus Calipigia [13]y tendida sobre su amante, enseñaba, en línea recta con la puerta de la alcoba en la que se celebraba el misterio, eso que los griegos adoraban con tanta devoción en la estatua recién citada, esa región tan bella que, en pocas palabras y sin ir demasiado lejos para poner un ejemplo, cuenta en París con tantos adoradores.

Aquella era su postura cuando Dolbreuse, que acostumbraba a entrar sin más preámbulos, abrió la puerta tarareando una tonada y apareció ante él por todo paisaje aquello que, dicen, una mujer realmente honesta jamás debe mostrar.

Lo que habría colmado de júbilo a tantos, hizo retroceder a Dolbreuse.

—Pero ¡qué veo! —exclamó—. ¡Traidora…! ¿Esto es lo que me reservas?

La señora Dolmène, que justo en ese momento se hallaba en una de esas situaciones en las cuales la mujer actúa mejor de lo que razona, contestó rápidamente a tal pretensión:

—Pero ¿qué diablos te ocurre? —preguntó al segundo Adonis sin dejar de entregarse al primero—. No sé por qué te decepciona nada de esto. No interrumpas, amigo mío, y acomódate, que puedes. Ya ves que hay sitio para los dos.

Dolbreuse, que no pudo dejar de reír ante la sangre fría de su amante, comprendió que lo mejor era seguir su consejo, de manera que no se hizo de rogar y, según parece, los tres ganaron con aquello.

---

[13] Tipo de estatua femenina semidesnuda en que una diosa (o mujer) se levanta la ropa hasta la cintura, mientras mira hacia atrás para mostrar sobre todo las nalgas.

LAS CARICIAS

Guy de Maupassant

No, amigo mío, no piense más en eso. Eso que me pide es algo que me altera y asquea. Se diría que Dios…, porque yo creo en Dios…, decidió estropear todo lo bueno que hizo, añadiéndole algo horrible. Nos otorgó el don del amor, que es lo más agradable del mundo. Pero, al parecerle demasiado hermoso y puro para nosotros, inventó los sentidos, esa cosa baja, sucia, enojosa y brutal. Los dispuso de tal modo que pareciesen una burla, mezclándolos con la porquería del cuerpo para que no podamos pensar en ellos sin ruborizarnos, ni hablar de ellos más que en voz baja. Toda la horrible función de los sentidos está envuelta en oprobio. Se esconde, altera el alma, hiere la vista y, desterrada por la moral, perseguida por la ley, solo tiene lugar en la oscuridad, como si fuese un delito.

¡No me hable jamás de algo así, jamás!…

No sé si lo amo a usted, pero sí sé que me gusta estar a su lado, que para mí su mirada es una dulzura y que el timbre de su voz me acaricia el corazón. Desde el momento en que usted lograse de mi debilidad lo que desea, me sería usted odioso. Se rompería el sutil lazo que hoy nos une a los dos. Entre nosotros se abriría un abismo de infamias.

Sigamos siendo lo que somos. Y... ámeme, si gusta; yo se lo permito.

Su amiga,

Geneviève

***

¿Me permite, señora, que, a mi vez, le hable con sinceridad, sin miramientos galantes, como hablaría a un amigo que me declarase su propósito de pronunciar los votos perpetuos?

No sé tampoco si estoy enamorado de usted. Solo lo sabría después de esa cosa que tanto la irrita. ¿Ha olvidado los versos de Musset?

Recuerdo aún el impetuoso espasmo,
los besos húmedos, los fogosos músculos,
la palidez, el apretar los dientes
de aquel ser, todo absorto. Son instantes
atroces, si no fuesen tan divinos.

También experimentamos esta sensación de horror y de asco insuperable cuando, llevados por el ímpetu de la sangre, nos abandonamos a las cópulas ocasionales. Pero cuando una mujer es para mí, el ser elegido, de encanto inmortal, de imperecedera seducción, como lo es usted para mí, la caricia llega a ser la felicidad más ardiente, completa y sublime.

La caricia, señora, es la comparación del amor. Si se extingue nuestro fuego después del abrazo, eso quiere decir que habíamos errado. Cuando ese fuego aumenta, es que nos amamos.

Cierto filósofo, que no practicaba estas doctrinas, nos avisó contra esa trampa de la naturaleza. Ella quiere que nazcan seres

—dice—, y para empujarnos a crearlos ha colocado junto a la trampa el doble cebo del amor y la sensualidad. Y añade: «En cuanto nos hemos dejado engatusar, pasada la locura del momento, se adueña de nosotros una enorme tristeza, pues vemos el ardid que ha servido para tentarnos. Vemos, sentimos, palpamos el motivo secreto y oculto que nos ha empujado pese a nosotros mismos».

A menudo, con mucha frecuencia, esto es verdad. Entonces nos ponemos de nuevo en pie, descorazonados. La naturaleza nos ha vencido, nos ha tirado, a su antojo, en unos brazos que se abrían, pues es su voluntad que haya brazos que se abren.

Sí, sé de besos fríos y violentos sobre labios desconocidos, de miradas intensas y ardientes en ojos antes no vistos y que no se verán más, y tantas cosas que no puedo decir, tantas cosas que nos dejan una amarga melancolía en el alma…

Pero cuando esa especie de nube llamada amor ha envuelto a dos seres, cuando han pensado el uno en el otro durante largo tiempo, siempre, cuando durante las ausencias el recuerdo permanece, día y noche, presentando al alma los rasgos del rostro, la sonrisa y el timbre de la voz; cuando se ha vivido obsesionado, poseído por la forma ausente y siempre visible, ¿no es natural que los brazos finalmente se abran, que se unan los labios y que se junten los cuerpos?

¿No ha sentido jamás el deseo de besar?

¿Nunca ha sentido, señora, el deseo de besar? ¿No es verdad que los labios atraen a otros labios y que la mirada brillante que parece filtrarse en las venas prende fuegos furiosos e irresistibles?

Como es natural, usted dice que esa es la trampa, la trampa inmunda. ¿Qué más da? Lo sé. Caigo en ella y la adoro. La naturaleza nos otorga el don de la caricia para ocultarnos su treta, para hacer que perpetuemos las generaciones, aun a pesar nuestro. Entonces robémosela, hagámosla nuestra, refinémosla, cambiémosla, idealicémosla si así lo desea. Engañemos nosotros a la engañadora naturaleza. Vayamos más allá de lo que ella deseó, más allá de lo que pudo u osó enseñarnos. Hagamos de la caricia algo precioso brotado en bruto de la tierra. apoderémonos de ella para labrarla y perfeccionarla, olvidando las finalidades primitivas de lo que fue la voluntad disimulada de lo que llama usted Dios. Y como el pensamiento poetiza todo, poeticémosla, señora, hasta en sus horrendas brutalidades, en sus combinaciones más impuras, hasta en sus más monstruosos hallazgos.

Amemos la caricia suculenta como gustamos del vino que embriaga, la fruta madura que perfuma la boca, como cuanto llena de dicha nuestro cuerpo. Amemos la carne porque es bella, es blanca y tersa, flácida y suave, delicia de los labios y de las manos.

Cuando los artistas buscaron la forma más rara y pura para dársela a las copas en las cuales debía beber el arte la embriaguez, eligieron la curva de los senos, que a flor de piel son como rosas.

En un libro erudito, titulado *Diccionario de ciencias médicas*, he leído esta definición de la garganta de las mujeres, que parece ideada por el señor Prud'homme, convertido en doctor de Medicina:

«El seno en la mujer puede considerarse un objeto de utilidad y de placer al mismo tiempo».

Olvidemos, si quiere, la utilidad, y quedémonos con el placer. Si estuviese destinado solo a alimentar a los infantes, ¿tendría esa encantadora forma que invita irresistiblemente a la caricia?

Señora, dejemos que los moralistas prediquen el pudor y los médicos, la prudencia. Dejemos que los poetas..., engañadores —engañados siempre— canten la unión casta de las almas y la felicidad impalpable. Dejemos a las mujeres feas entregadas a sus deberes, y a los hombres razonables entregados a sus fútiles ocupaciones. Dejemos a los doctrinarios con sus doctrinas, a sacerdotes entregados a sus mandamientos, y amemos nosotros sobre todo la caricia que embriaga, enloquece, excita, agota y reconforta. Es más suave que los perfumes, más leve que la brisa, más punzante que una herida, rápida y devoradora, que nos hace rezar, llorar, gemir, gritar. Ella puede empujar a todos los delitos y a todos los heroísmos.

Amémosla, pero no calmada, normal y legal, sino violenta, furiosa y desatada. Busquémosla como el oro y el diamante, pues vale más que ellos, ya que es inapreciable y pasajera. Persigámosla sin cesar, y muramos por ella y de ella.

Le diré, señora, una verdad que no leerá en ningún libro, al menos así lo creo, y es que las únicas mujeres felices en esta tierra son las que no se han privado de ninguna caricia. Son las que viven sin cuidado, sin pensamientos torturadores, sin más deseo que el del beso próximo, que debe serles tan delicioso y aplacador como el último que dieron.

Las demás mujeres, las que reciben las caricias con reglas, incompletas, infrecuentes, viven acosadas por mil tristes inquietudes, por deseos de riqueza o de vanidad, y por todas las realidades que se transforman en penas.

Sin embargo, las mujeres acariciadas hasta la saciedad no necesitan nada, no anhelan nada, ni echan nada de menos. Sueñan, tranquilas y sonrientes, y lo que para las otras serían catástrofes sin remedio, apenas las rozan a ellas, pues la caricia sustituye a todo, todo lo sana y de todo consuela.

¡Hay tantas otras cosas que tendría que decirle!…

Henri

***

Estas dos cartas, escritas en papel japonés de arroz, fueron halladas ayer, domingo, tras la misa de una, en una carterita de piel de Rusia, bajo un reclinatorio de la iglesia de la Madeleine,[14] por

Maufrigneuse

14 de agosto de 1883

---

[14] Iglesia católica de París famosa porque tener la forma de un templo griego.

DRAMAS DEL TERCER PATIO

Fray Mocho

La conoció siendo vigilante.

Por la mañana cuando estaba de facción en la esquina, arrebujado en su grueso capote azulado con botones de níquel, se quedaba extasiado viéndola fregar los vidrios de las grandes puertas que daban al balcón.

Se le hacía agua la boca al mirarle los brazos morenos, gruesos y bien torneados.

Le metía los ojos por la manga del vestido y los paseaba a lo largo de aquel lindo cuerpo, acariciando sus formas exuberantes.

Francamente, gozaba contemplándola y su gozo se pintaba en su rostro obligándolo a llevar la mano a la empuñadura del machete con un aire bravío.

Ella lo miraba también y se deleitaba, mientras limpiaba los grandes vidrios, pensando en los besos que se ocultaban bajo los gruesos bigotes del enamorado vigilante.

Y por la noche al retirarse a su cuarto oscuro y frío, como generalmente son los destinados a la servidumbre, se complacía en reproducir mentalmente el cuadro que había herido su retina por la mañana y se sentía presa de emociones que al par que la llenaban de contento, le hacían latir con fuerza el corazón, enardeciéndole la sangre.

La fiebre de amor dominaba su cerebro de quince años y luego que se acostaba se dormía gozosa pensando que no era el sueño quien entrecerraba sus ojos, sino el hálito tibio de aquel a quien consagraba las primicias de sus pensamientos íntimos.

Y dormida, delirios de amor la hicieron más de una vez abrazar la almohada en que reclinaba su cabeza.

***

Una mañana en que estaba franco y recorría las calles sin rumbo, la halló en su camino.

Inmediatamente adoptó su aire marcial, estudiado para las grandes ocasiones y se acercó a ella retorciéndose el bigote con coquetería.

—¡Qué ricura!… —le dijo—… ¿Y no tiene miedo que la roben?

—No sea sonso… ¡Siga su camino!

—¡Jesús, que mala!… ¡*Naide* lo diría viendo esos ojos!

—¡Pues no!… Siga su camino y déjeme.

—¡Qué esperanzas!… ¡Primero me desuellan!… ¡Mirá, dejarla *aura* que la he *caturáo*! ¿Qué no sabe que *uste* es la *prienda* más linda de la sesión?

—¡Bueno… vaya… déjeme!… —y feliz con las palabras del galante gallo policial se hacía la que caminaba ligero para escapar a su compañía—… ¡Mire que nos va a ver el patrón!

—¡Pero si yo tengo que hablarle de lo que la quiero!… Espéreme esta noche en el zaguán… ¿Sí?

—¡Qué se ha creído, eh!… ¡Yo no soy de esas!

—¡No se enoje mi negra… si es *pá* hablar no más!… ¿Me va a esperar?

—Siga su camino…

—¡Vea si había sido mala! ¡Quién lo había de creer viéndola tan rica!… ¿Me va a esperar?

—¡No!

—¡Dígame que no mirándome… ¡Qué me maten sus ojos!… ¿Me va a esperar?

—Ya le he dicho que nos va a ver el patrón… ¡déjeme!

—No… dígame que sí… si no, soy capaz de acompañarla no digo hasta su casa… ¡hasta la *polecía*!

—Bueno… pero…

—¿A qué hora mi negrita?… ¡tan rica!…

—¡Ustedes dicen todos lo mismo!

—Yo no se lo digo no más que a usted… bueno… ¿a qué hora?

—A las seis… no me acompañe… ¡mire que nos va a ver el patrón!

***

Y desde ese día, todas las tardes a las seis, hora en que los patrones comían, ella y él se encontraban en el zaguán semivelado por las sombras de la noche que llegaba.

Fue tras la pesada puerta de cedro llena de molduras donde él desfloró sus labios de virgen con el primer beso de amor, ¡fue allí donde por primera vez ella sintió, confusa y turbada, una mano de hombre acariciar los tesoros de su seno mientras en su oído vibraban palabras que hacían estremecer su cuerpo y cuya armonía desconocida no sospechaba antes, ni remotamente que existiera!

Fue allí donde sus labios aprendieron a derramar la dicha que la inundaba —tiñéndole de carmín las morenas mejillas aún cubiertas por ese vello de la niñez, que parece nube de inocencia— ¡transformada en raudales de besos tanto más ardientes cuánto mayor era el caudal en que brotaban!

Y fue allí, tras aquella pesada puerta de cedro, donde una noche, enloquecida por el fuego que circulaba en sus venas y sintiendo impotentes sus besos para apagarlo, entregó a su amante el velo de su pureza de virgen; ¡le sacrificó sus rubores de niña inocente!

***

Y la pobre mujer que con tosco lenguaje me pintaba su primera caída, mientras yo velaba como practicante al lado de su humilde lecho de hospital, rompió a llorar y entre sollozos me dijo al darse vuelta hacia la pared:

—Desde entonces no volví a abrazar mi almohada soñando y hoy lloro al recuerdo de lo que tantas veces me deleitó!

EL MARIDO ESCARMENTADO

Marqués de Sade

Un hombre ya maduro, que hasta entonces había vivido siempre sin esposa, decidió casarse. Puede que escoger a una muchacha de dieciocho años con el rostro más atractivo del mundo y el talle más encantador fuese lo más contrario a sus sentimientos. El señor de Bernac, así se llamaba, cometía una terrible estupidez al buscar una esposa, pues era el menos instruido del mundo en los placeres que acarrea el matrimonio. Además, los antojos con los que sustituía los castos y delicados placeres del vínculo marital no agradaban en absoluto a una joven con el carácter de la señorita de Lurcie, que así se llamaba la infeliz a la cual Bernac acababa de encadenar a su vida. Ya en la noche de bodas confesó sus gustos a su joven esposa, tras hacer que ella jurase que jamás revelaría nada a sus padres. La cosa —como indica el famoso Montesquieu— consistía en ese vergonzoso comportamiento que hace retroceder a la infancia: la joven esposa debía colocarse en la postura de una niña a quien se va a aplicar un correctivo, prestándose así, durante unos quince o veinte minutos, a las brutales manías de su anciano esposo, pues con la ilusión de esta escena él conseguía saborear esa sensación de placentera embriaguez que cualquier hombre, con instintos más sanos, muy seguramente habría querido sentir solo en los amorosos brazos de Lurcie. Aquello le pareció un tanto duro a una muchacha deli-

159

cada, linda, criada en la comodidad y desconocedora de toda afectación. Sin embargo, como le habían dicho que se mostrase sumisa, pensó que todos los maridos se portaban así. Quizá el mismo Bernac había alentado aquella idea, de manera que ella se abandonó con el mayor candor del mundo a la perversión de su sátiro. Todos los días se repetía la escena y era frecuente que dos veces en lugar de una. Transcurridos dos años la señorita de Lurcie, a la que seguiremos llamando así, pues seguía siendo tan virgen como el día de su himeneo, perdió a sus padres y con ellos la esperanza de lograr que le ayudasen a sobrellevar sus sufrimientos, cosa que había empezado a pensar hacía ya tiempo.

Aquella pérdida hizo de Bernac un hombre más osado y si, en vida de sus padres, se había mantenido en unos límites, cuando fallecieron y vio que no podía acudir a nadie que pudiese vengarla, abandonó todo comedimiento. Lo que al principio había parecido una sencilla broma fue transformándose poco a poco en un auténtico suplicio. La señorita de Lurcie no podía soportarlo más, su corazón fue avinagrándose y ya solo pensaba en la venganza. La señorita de Lurcie apenas veía a nadie, pues su marido la hacía vivir tan retirada como podía. El caballero d'Aldour, primo de ella, pese a todas las indirectas de Bernac, jamás había dejado de acudir a visitarla. El joven tenía la figura más hermosa del mundo y, no sin una finalidad por cierto, aún mantenía un trato frecuente con su prima. El marido celoso, como era muy conocido en sociedad, no se atrevía a vedarle la entrada en su casa por temor a las burlas… La señorita de Lurcie depositó sus esperanzas en aquel pariente para librarse de la sumisión en la que vivía. Escuchaba los piropos que le dirigía cada día su primo y finalmente se confió totalmente a él y le confesó todo.

—Véngame de este infame —le pidió—, y hazlo mediante una escena que jamás se atreva a divulgar. El día que lo hagas será el de tu victoria. Solo seré tuya si lo haces.

D'Aldour, encantado, se lo prometió y ya no tuvo más objetivo que el éxito de una aventura que le proporcionaría momentos tan agradables. Cuando todo estuvo listo:

—Señor —le dijo un día a Bernac—, tengo el honor de estar estrechamente ligado a vos y confío en vos tanto como para revelaros que acabo de contraer matrimonio en secreto.

—¿Un matrimonio secreto? —contestó con entusiasmo Bernac, al verse libre de un rival que le preocupaba.

—Pues sí, señor; he unido mi destino al de una adorable esposa y mañana tiene que hacerme feliz. Es una muchacha sin fortuna, lo confieso, pero ¿qué más me da si yo tengo por los dos? Para ser sincero, me caso con toda una familia. Son cuatro hermanas que viven juntas, pero su compañía es tan agradable que eso aumenta mi dicha… Me alegraría, señor —continuó el joven—, que vos y mi prima me hagáis mañana el honor de asistir al banquete de bodas por lo menos.

—Señor, yo salgo muy poco y mi esposa aún menos, ambos vivimos retirados, pero si ella lo desea, no tendré nada que objetar.

—Conozco vuestros gustos, señor —repuso d'Aldour— y os aseguro que os servirán según vuestros deseos… A mí la soledad me gusta tanto como a vos. Además, como os he dicho, tengo motivos para ser discreto. Será en el campo, hace bueno, todo os es favorable y yo os doy mi palabra de que estaremos solos.

Lurcie dejó entonces entrever ciertos deseos y el marido no quiso llevarle la contraria delante d'Aldour, de manera que la excursión quedó fijada.

—¡Tenías que decir que sí a una cosa así! —exclamó entre gruñidos en cuanto se quedó a solas con su esposa—. Ya sabes que todo eso me importa un bledo. Ya me ocuparé yo de acabar con esos caprichos y te advierto que pienso llevarte dentro de poco a una de mis propiedades, donde no verás nunca más a nadie, excepto a mí.

Y como el pretexto, con o sin fundamento, era otro aliciente para las lujuriosas escenas que Bernac ideaba cuando la realidad no le parecía bastante, no perdió la ocasión e hizo pasar a Lurcie a su alcoba y le dijo:

—Iremos, sí…, lo he prometido, pero pagarás caro el deseo que has mostrado…

La pobre infeliz, creyéndose cerca del desenlace, soportó todo sin quejarse.

—Haz lo que te plazca —dijo humildemente—. Me has concedido una gracia y por mi parte solo debo agradecimiento.

Tanta ternura y resignación habrían desarmado a cualquiera menos a un corazón petrificado por el vicio como el del depravado Bernac, pero nada lo detuvo. Se sentía feliz y después se acostaron en silencio. A la mañana siguiente, cumpliendo lo acordado, d'Aldour acudió a recoger a los esposos y se pusieron en camino.

—¿Veis? —dijo el joven primo de Lurcie al entrar con los cónyuges en una casa bien apartada—. Podéis comprobar que esto no se parece ni remotamente a una fiesta pública. No hay coches ni lacayos. Como dije, estamos completamente solos.

En ese momento, cuatro mujeres voluminosas, de unos treinta años más o menos, fuertes, vigorosas y de cinco pies y medio de estatura cada una, bajaron la escalera y dieron la bienvenida con la mayor cortesía a los señores Bernac.

—Esta es mi esposa, señor —dijo d'Aldour, presentándole a una de ellas—, y estas otras tres son sus hermanas. Nos hemos casado esta mañana en París al alba y os esperamos para celebrar la boda.

Todo transcurrió entre recíprocas cortesías. Tras unos minutos de charla en el salón, donde Bernac se convenció, admirado por su parte, de que estaban tan solos como cupiese desear, un criado llamó para el almuerzo y se sentaron todos a la mesa. La comida fue de lo más animado. Las cuatro supuestas hermanas, aficionadas a las frases ingeniosas, mostraron toda la vivacidad y alegría imaginables, pero como no olvidaron la debida corrección en ningún momento, Bernac, completamente engañado, se creía en la mejor de las compañías. Mientras, Lurcie, rebosante de felicidad al ver cómo llegaba la hora a su tirano y desesperadamente decidida a terminar con una continencia que hasta entonces solo le había traído lágrimas y sufrimientos, se divertía con su primo y lo celebraban con champaña, al tiempo que lo llenaba de las más tiernas miradas. Nuestras heroínas, que debían acopiar fuerzas, bebían y reían por su parte. Bernac, dejándose llevar sin ver otra cosa que pura y simple alegría en todo aquello, tampoco se mostraba más comedido que los otros. Pero como no había que perder la cabeza, d'Aldour interrumpió en el momento oportuno y propuso que fuesen a tomar café

—A propósito, primo —le dijo cuando lo hubieron tomado—, os ruego que conozcáis mi casa. Sé que tenéis buen gusto. La he comprado y amueblado solo para mi matrimonio, pero creo que no he hecho un buen negocio, de manera que, si no os importa, podríais darme vuestra opinión.

—Con mucho gusto —repuso Bernac—, nadie entiende de esas cosas tanto como yo. Os apuesto que calculo el total con una diferencia de diez luises.

D'Aldour fue hacia la escalera brindando la mano a su hermosa prima. Bernac quedó entre las cuatro hermanas y, así colocados, llegaron a una alcoba apartada y sombría, en el otro extremo de la casa.

—Esta es la cámara nupcial —le contó d'Aldour al viejo celoso—. ¿Veis el lecho, primo? Aquí es donde vuestra esposa dejará de ser virgen. ¿No va siendo hora de que deje de esperar?

A esa señal, las cuatro impostoras se abalanzaron de inmediato sobre Bernac, empuñando cada una un haz de varas. Le bajaron entonces los calzones, dos de ellas lo agarraron y las otras dos se turnaron para darle azotes. Mientras se dedicaban a su tarea con todas sus fuerzas:

—Querido primo —le dijo d'Aldour—, ¿os dije que os servirían según vuestros deseos? Para complaceros se me ha ocurrido devolveros lo que le dais todos los días a vuestra adorable esposa. No seréis tan bruto como para infligirle algo que os gustaría recibir vos mismo, de manera que me alegra poder trataros con semejante galantería. Sin embargo, aún falta otra parte de la ceremonia. Según creo, a pesar de vivir con vos desde hace mucho tiempo, mi prima sigue siendo tan virgen como si os hubieseis casado ayer. Tal descuido por vuestra parte solo puede proceder de la ignorancia. Seguro que no sabéis hacerlo... Pues os lo enseñaré, amigo mío.

Y dicho esto, al compás de la agradable música, el hermoso primo arrojó a su prima sobre la cama y la hizo mujer bajo la mirada de su indigno esposo... Entonces fue cuando terminó la ceremonia.

—Señor —le dijo d'Aldour a Bernac, bajando del altar—, puede que el escarmiento os parecerá algo duro, pero reconoceréis que la injuria era al menos igual de fuerte. No soy ni quiero ser el amante de vuestra esposa, señor. Aquí la tenéis. Os la devuelvo. Pero os recomiendo que a partir de ahora os portéis con ella con más dignidad. En caso contrario, tendría de nuevo ella en mí a un vengador que ya no os trataría con tanta consideración.

—Señora —exclamó Bernac enfurecido—, en verdad este proceder...

—Es el que has merecido —contestó Lurcie—. Pero si no estás de acuerdo con él, puedes divulgarlo, los dos expondremos nuestras razones y veremos de quién se ríe el público.

Confuso, Bernac reconoció sus errores y no trató de inventarse más sofismas para legitimarlos. Entonces se arrojó a los pies de su esposa para suplicar perdón. Lurcie, dulce y generosa, le hizo levantar y lo estrechó entre sus brazos. Ambos regresaron a su casa e ignoro cómo lo hizo Bernac, pero desde entonces la capital jamás conoció una pareja más íntima, unos amigos más tiernos y un marido más virtuoso.

ALMA CALLEJERA

Eduardo Wilde

No puedo dormir. Mi alma sale de mi cuerpo y va a la calle en semipenumbra y húmeda, donde los faroles de gas son como jaulas aburridas, que encierran canarios moribundos ardiendo.

Mi alma palpa las paredes de trecho en trecho o cae en su vuelo inseguro, sobre las veredas, como la sombra de un pájaro ciego.

Mi alma en fuga va ocultándose como si guardase bajo el brazo un paquete de intenciones ocultas, o como si fuese una criada mercenaria que lleva un recién nacido para abandonarlo clandestinamente en una puerta.

Mi alma avanza, sigue pese a sus caídas y revoloteos, como una mancha dentro de los ojos, siguiendo en una dirección su ruta a través de las penumbras fantásticas que bloquean la vía pública.

Mi alma viaja a favor de la noche y de su cómplice, el silencio, como un capullo oscuro que marcha delante de los ojos y se pega como una sombra a los objetos, alargando su forma entre los huecos y saltando de lado en las aristas.

Busca un barrio, una casa, olisquea las hendiduras de las puertas, se levanta, mira por el ojo de la cerradura, huye como llevada por el viento, trepa por los barrotes de las ventanas, desaparece y su forma se extiende sobre la alfombra de un salón donde ha caído atravesando los vidrios entre dos junquillos de persiana.

Un movimiento más y es como la proyección de un cuerpo, muy lejos, sin que se vea el camino recorrido. Después, temblando como un tul abrasado colgado del extremo de un alambre fino, se golpea de nuevo en las paredes de la casa asediada, enfilando los ángulos, subiendo a las cornisas y elevándose sobre los muros para poner su luto en el horizonte atravesando el vacío y regresar agotada del salto, a buscar su entrada con paciencia.

Como un núcleo flotante de humo negro, mi alma merodea las azoteas, desciende a los patios, gira en torno a las plantas y se lanza entonces a las habitaciones por los postigos entreabiertos.

Un ruido leve la hace temblar. Es un suspiro escapado entre las cortinas de la cama donde duerme una mujer. Mi alma se expande sobre ese cuerpo adorado, visita sus formas, se arrastra sobre ellas, perfiladas bajo las tenues telas, sigue las curvas de su busto, rodea el óvalo de su cara, enfila sus labios... la respiración la expulsa... un perfume la penetra... Se acerca una vez más... Una aspiración la absorbe y la instala dentro del pecho más amado...

Allí se quedará siempre. Allí se mezclará con la sangre de la amada, recorriendo sus nervios y viajando de su corazón a su cabeza.

Allí vivirá siempre, alimentando su propia pasión, mientras yo, sin alma, me levantaré mañana para pasear mi mirada yerta sobre las indiferencias de la vida, viviendo de prestado y administrando mi bocado de pan con mi cuerpo vacío, sin más aspiración en la tierra que amarla y que me ame.

EL CRUEL JURAMENTO

Catulle Mendès

Cuando estuvo completamente desnuda, la pequeña baronesa Hélène de Courtisols dijo:

—¡Ay! Caballero, estaría muy equivocado si, por verme en pleno día, junto a esta cama lujuriosamente entreabierta, en este piso de soltero, donde he llegado a quitarme uno tras otro, con toda naturalidad y por primera vez, los velos más diáfanos, pensase que carezco de virtud o que siento por usted una ternura victoriosa sobre el pudor. Sepa que no existe mujer más recatada que yo en este mundo. Ha debido observar en el baile que mis vestidos escotados casi son de cuello alto, pues me cuesta mostrar a la avidez de las miradas un poco de la nieve con la que tal vez esté hecho mi pecho. Nadie me ha visto usando esas blusas sin mangas con las cuales los hombros desnudos de los trajes negros pueden inspirar a los bailarines, por su parecido con lujuriantes misterios y aromas, los pensamientos más reprochables. En cuanto a sentir amor por usted, ¡es una locura de la que estoy tan alejada como puedo! En pocas palabras, erraría usted si confía en las apariencias.

—¡Que son muy hermosas, dicho sea de paso! —observó Valentín, apenas sorprendido, pues uno debería esperar de todo—. La visión desnuda de su cuerpo es como la floración de una extraordinaria rosa, que sería sonrosada y blanca. Tolo lo que vale el abrazo más apasionado, todo lo que exigen los besos más apasionados, quedan de manifiesto en el maravilloso milagro de vuestra belleza a la luz; y, como es perfecta sin comparación alguna, no sé qué es más deseable, si las rosadas brasas que arden en sus pechos o el nácar levemente dorado de la uña del dedo gordo de su pie.

La pequeña baronesa repuso:

—No voy a negar que las apariencias sean agradables a su mirada. Pero tenga por cierto que me muestro ante usted tan poco vestida como un tallo sin corteza, deseando sacarle de la cabeza cualquier esperanza culpable y ponerme en situación para que usted se resista sin piedad.

—¡Ah! ¿Cómo?

—Así es como me gusta decírselo y como le instruiré —prosiguió ella.

Tras tomar aliento en una deliciosa inhalación que hinchó su pecho donde ardían dos brasas, añadió:

—Mi pudor natural hace que siempre me haya repugnado la idea de ser abrazada, incluso sin velo, por el amante más respetuoso. No, no puedo ni pensar que las mujeres carezcan de reserva, que cedan a deplorables condescendencias, para dejar a las caricias su esplendor completamente brindado, ni siquiera oculto por algo de encaje o el reflejo de un tul. ¡Ay, qué pícaras! Así que he hecho un gran juramento. Me he prometido a mí misma con palabras solemnes no desfallecer jamás, desvestida, entre unos brazos apasionados. He mantenido ese juramento, hasta con el señor de Courtisols —sin importar la obediencia debida a las exigencias, acaso legítimas, de un esposo— y jamás he permitido que me abracen solo cubierta de deseos y besos. Sin embargo, hace un momento, después de entrar en esta habitación, supe que había cometido una imprudencia dejándome atraer. Por fuerte que sea mi virtud, puesta a prueba cien veces, por débil que sea la inclinación que me atrae hacia usted, quizá lograse desconcertarme por el fervor sincero o fingido de su amor. Sí, confieso que corría peligro porque, sin lugar a duda, con un coraje generoso, en pleno día, me he desnudado delante de esa cama entreabierta como una gran flor sale de una yema, ¡totalmente! Ahora ya no tengo nada que temer. Arrodíllese, tienda las manos, abra los brazos con aire amenazante, ruegue, suplique, gima hasta la muerte si le parezco cruel, que todo eso será en vano. Si me hubiese quedado vestida o con solo el temblor de una batista ligeramente levantada sobre mi pálida piel rosada, por miedo o ternura habría podido caer en una odiosa concesión. Pero ¡soy invencible porque estoy desnuda! Además, he puesto mi honra bajo el cumplimiento de mi juramento.

Dado que hablaba con una vehemencia que hacía creíble alguna sinceridad, Valentín se sentía bastante inquieto. Contemplaba con un aire bastante lamentable a la fascinante mujer, que se brindaba y era al mismo tiempo inexpugnable. Pero, tras mirar la cama, esbozó una sonrisa burlona.

Con un gesto invencible, tomó en brazos, levantó y transportó a la pasmada baronesita, metiéndola entre las sábanas con las que la cubrió por entero en un instante. A continuación, tras meterse él más deprisa todavía, le señaló que, envuelta en la fina tela, estaba tan vestida como con la ropa. Lo cierto es que ella se enfadó, pues estaba muy aferrada a sus deberes. Pero ¡qué remedio! hasta la ira de los más ariscos no podría ser eterna. Así pues, muerta de risa bajo los vencedores besos, balbuceaba:

—¡Dios mío, Dios mío! ¡Qué aventura tan rara! ¿Quién habría llegado pensar que se le ocurriría esto?

EL CUENTO DEL MOLINERO

Geoffrey Chaucer

Hubo una vez un pueblerino acaudalado ya mayor que vivía en Oxford. Era carpintero y aceptaba huéspedes en su casa. Vivía con él un estudiante pobre, conocedor de artes liberales, que sentía una violenta pasión por la astrología. Sabía dar respuestas a ciertos problemas. Por ejemplo, podían preguntarle cuándo anunciaban las estrellas lluvia o sequía o predecir sucesos de cualquier clase. No puedo enumerarlos todos.

El estudiante se llamaba Nicolás el Espabilado. Aunque tuviese aspecto de poseer la docilidad de una niña, tenía un don especial para aventuras secretas y los placeres amatorios, pues era ingenioso y muy discreto a un mismo tiempo. En su casa ocupaba un aposento privado bien arreglado con hierbas olorosas, que era tan delicioso como el regaliz o la valeriana. Su *Almagesto*[15] y otros libros de texto de astrología, grandes y pequeños, así como el astrolabio y las tablas de cálculo necesarios para su ciencia, estaban en anaqueles a la cabecera de su cama. Un paño rojo cubría la plancha, y sobre él tenía un salterio que tocaba todas las noches, llenando su aposento de dulces melodías. Solía cantar el Ángelus de la Virgen y seguía con la Tonadilla del rey. La gente a menudo alababa su voz bien tim-

---

[15] Libro de Claudio Ptolomeo en el que se recoge un catálogo estelar y se habla del sistema geocéntrico.

brada. Así pasaba el tiempo aquel simpático estudiante, con la ayuda de sus ingresos y de lo que le daban sus amigos.

El carpintero se había casado recientemente con una moza de dieciocho años, a la que quería más que a nada. Como ella era joven y juguetona y él era viejo, los celos lo empujaron a tenerla siempre confinada, pues se veía cornudo. Por su poca educación, jamás había leído el consejo de Catón[16] de que un hombre debe casarse con alguien parecido a él. Los hombres deben desposar a mujeres de posición y edad similar, pues en general la juventud y la vejez no concuerdan: se llevan a matar. Pero al haber caído en la trampa, tuvo que sufrir como otros.

Ella era hermosa y joven, con un cuerpo cimbreante y elástico como el de una nutria. Llevaba un delantal de un blanco deslumbrante en torno a la cintura, una faja de seda a rayas y una camisa blanca con el cuello bordado con seda negrísima por dentro y por fuera. Se tocaba con una cofia blanca con cintas a juego con el cuello de la camisa y le ceñía la parte superior de la cabeza una ancha cinta de seda. Bajo sus cejas arqueadas, finas y negras como endrinas, tenía unos ojos profundamente lascivos.

Daba más gusto mirarla que a un peral en flor y era más suave que los añales al tacto. Le colgaba del cinto de la faja una bolsita de cuero con borlas de seda y botones redondos metálicos. Es difícil poder soñar con una moza así o con una beldad de esa clase. Su tez relucía más que una moneda de oro recién acuñada en la Torre.[17] Cantaba con el regocijo y la claridad de una golondrina posada en el granero. Solía brincar y retozar como una cabrita o un ternero que va tras su madre. Su boca era dulce como la miel o el arrope, o como una manzana sobre el heno. Era juguetona como un potrillo, alta como un mástil

---

[16] Catón el Viejo, fue un político, escritor y militar romano.
[17] Se refiere a la Torre de Londres, que era la ceca donde se acuñaban las monedas en la época de Chaucer.

e iba erguida como una flecha. De la parte baja de su cuello le pendía un broche grande como el remate de un escudo, y llevaba atados los cordones de sus zapatos como el rosetón de san Pablo, por las pantorrillas, enfundadas en medias rojas. Era una preciosidad, un regalo para la cama de un príncipe o una esposa digna de algún campesino adinerado.

Sin embargo, señores, un día, cuando su marido se hallaba en Oseney, Nicolás, el Espabilado —pues estos estudiantes son hábiles y taimados—, empezó a enredar y a bromear con la joven. Con disimulo le palpó sus partes y le dijo:

—Querida, si no dejas que me salga con la mía, moriré de amor.

Y siguió mientras la abrazaba por las caderas:

—Por amor de Dios, querida, yazcamos ahora mismo o voy a morir.

Ella se removía como un potrillo al que están herrando y le apartó la cabeza diciendo:

—Vete, no voy a besarte. Fuera, Nicolás, o gritaré pidiendo socorro. ¡Quítame las manos de encima! ¿Así es como te portas?

Pero Nicolás se puso a rogarle y lo hizo con tal ardor que ella sucumbió finalmente y juró por santo Tomás de Canterbury que sería suya en cuanto pudiese encontrar la ocasión.

—A mi esposo lo corroen tanto los celos que, si no eres paciente y vas con sumo cuidado, estoy segura de que me destruirás —dijo ella—. Por eso, debemos guardar el secreto.

—No tengas cuidado —dijo Nicolás—. Si un estudiante no sabe más que un carpintero, es que ha perdido el tiempo.

Así pues, como dije antes, estuvieron de acuerdo en aguardar la ocasión propicia.

Acordado esto, Nicolás le magreó los muslos a la joven; luego la besó dulcemente, tomó su salterio y tocó enardecido una alegre tonadilla.

Pero un buen día sucedió que la buena mujer interrumpió un día sus tareas domésticas, se lavó la cara hasta que brilló de limpia y fue a la iglesia de su parroquia para practicar sus devociones. Ocurría que en aquella iglesia había un sacristán llamado Absalón. Su cabello rizado relucía como el oro y caía como un abanico a cada lado de la raya del centro de la cabeza. Era enamoradizo en el sentido más amplio de la palabra. Tenía un cutis rosado, ojos grises de ganso y vestía con estilo, calzando medias y zapatos escarlatas con dibujos tan caprichosos como el rosetón de la catedral de san Pablo. La chaqueta larga celeste le caía muy bien, con sus encajes ribeteados y cubierta por un llamativo sobrepelliz blanco como un grupo de retoños en flor. Sin duda era un buen mozo. Sabía hacer de barbero, sangrar y extender documentos legales. También sabía bailar veinte estilos diferentes, aunque según la moda de aquellos días procedentes de Oxford, con las piernas que iban disparadas a ambos lados. Cantaba en falsete acompañándose de un violín de dos cuerdas y tocaba la guitarra. No había posada o taberna de la ciudad que no hubiese visitado, sobre todo donde había vivarachas mozas de mesón. Pero, a decir verdad, era un tanto tedioso, ventoseaba y su conversación era aburrida.

En aquel día festivo estaba de muy buen humor cuando, al tomar el incensario, comenzó a escudriñar amorosamente a las parroquianas mientras las incensaba. Dedicaba una especial atención cuando contemplaba a la esposa del carpintero. Era tan linda, dulce y apetecible que pensaba que podría pasarse la vida entera contemplándola. Si ella hubiese sido un ratón y Absalón un gato, juro que le hubiese saltado encima sin perder un segundo. Tan loco estaba el jovial sacristán que no admitía óbolos de las mujeres cuando pasaba el cepillo, pues su buena educación se lo impedía, decía él.

Aquella noche la luna refulgía cuando Absalón tomó la guitarra para ir a cortejar. Lleno de ardor, salió de su casa muy animado hasta que llegó a la casa del carpintero tras el canto del gallo y acercó a un ventanal que sobresalía del muro. Cantó entonces en voz baja y suave, acompañándose con su guitarra:

—Mi adorada dama, oye mi plegaria y apiádate de mí, por favor.

El carpintero se despertó y le oyó.

—Alison —le dijo a su esposa—, ¿no oyes a Absalón cantando bajo la ventana de nuestro dormitorio?

Ella respondió:

—Sí, Juan; claro que lo oigo.

Las cosas siguieron como puede suponerse. El zumbón Absalón fue a cortejarla a diario hasta que se sintió tan desconsolado que no podía descansar en todo el día. Se peinó sus espesos rizos y se acicaló, cortejándola a través de intermediarios. Prometió ser su esclavo. Le hacía gorgoritos como un ruiseñor y le enviaba vino, aguamiel, cerveza con especias y pasteles recién horneados. Le ofreció dinero, pues ella vivía en una ciudad donde había cosas para comprar. A algunas se las puede conquistar con riquezas; a otras, con golpes, y a otras, finalmente, con dulzura y maña.

En cierta ocasión, para que ella viese su talento y versatilidad, desempeñó el papel de Herodes en el escenario. Pero ¿de qué le sirvió? Ella amaba tanto a Nicolás que Absalón habría podido saltar al río y solo recibiría burlas por sus desvelos. Así pues, ella convirtió a Absalón en un bufón y su pasión en burla. Cierto proverbio reza: «Si quieres avanzar, acércate y disimula. Un amante ausente no satisface su gula».

Absalón podía fanfarronear y desvariar, pero Nicolás, solo por estar presente, lo vencía sin esfuerzo.

¡Venga, espabilado Nicolás, muestra tu arrojo y deja a Absalón con sus llantos! Entonces un sábado el carpintero tuvo que ir a Oseney. Nicolás y Alison acordaron idear una treta para engañar al pobre esposo celoso, así que, si salía bien, ella podría dormir toda la noche en sus brazos, como deseaban los dos. Sin decir nada, Nicolás, que ya no podía esperar más, llevó con sigilo a su aposento comida y bebida para uno o dos días. Nicolás dijo entonces a Alison que si su esposo preguntaba por él, ella debía responder que no lo había visto en todo el día y que no sabía dónde estaba, si bien creía que debía estar enfermo, ya que cuando la criada lo llamó, él no había contestado pese a las voces que dio.

Nicolás se quedó de este modo en su aposento, callado, durante todo el sábado, comiendo, durmiendo, o haciendo lo que quería hasta que anocheció. Era la noche del sábado al domingo. El carpintero empezó a preguntarse qué podría sucederle a Nicolás:

—¡Por santo Tomás, empiezo a temer que Nicolás no se encuentre bien! Espero, Dios mío, que no haya muerto de pronto. Este es un mundo incierto. Hoy mismo he visto cómo llevaban a la iglesia el cadáver de un hombre al que había visto trabajando este lunes.

Entonces dijo al criado.

—Sube corriendo y grita a su puerta o golpéala con una piedra. Mira qué ocurre y ven a decirme enseguida lo que hay.

El muchacho subió las escaleras y voceó y golpeó la puerta del aposento

—¡Eh! ¿Qué haces, maese Nicolás? ¿Cómo puedes dormir todo el día?

Pero de nada sirvió. No hubo respuesta. Sin embargo, descubrió en uno de los paneles inferiores un boquete, que servía de gatera, y miró dentro. Logró entonces ver a Nicolás sentado muy rígido y boquiabierto, como si hubiese perdido el juicio, de manera que bajó corriendo y le contó a su amo el estado en que lo había encontrado.

El carpintero empezó a santiguarse diciendo:

—¡Ayúdanos, santa Frideswide! ¿Quién puede decirnos lo que nos depara el destino? Este muchacho ha sufrido una especie de ataque con esa astronomía suya. ¡Ya sabía yo que algo le pasaría! No se deben meter las narices en los secretos divinos. ¡Bendito sea quien solo sabe el Credo! Esto es lo que le pasó a aquel otro estudiante de astronomía que salió a andar por los campos contemplando las estrellas tratando de adivinar el futuro. Cayó dentro en una marguera, cosa que no previó. Pero ¡por santo Tomás que lo lamento por el pobre Nicolás! Por Cristo, que está en el cielo, que voy a escarmentarlo de sus estudios si es que valgo para algo. Dame una vara, Robin, que apalancaré la puerta mientras tú la levantas. Supongo que esto acabará con sus estudios.

Fue a la puerta del aposento. El criado era un joven fuerte y la sacó de los goznes en un instante. La puerta cayó al suelo. Allí estaba Nicolás, sentado como si fuese de piedra, abierta la boca, tragando aire. El carpintero pensó que estaba en trance de desesperación. Lo agarró por los hombros y lo sacudió con fuerza diciéndole:

—¡Eh, Nicolás! ¡Eh! ¡Baja la vista! ¡Despierta! ¡Recuerda la pasión de Jesucristo! ¡Que la señal de la cruz te proteja de duendes y espíritus!

Entonces se puso a murmurar un encantamiento en cada uno de los cuatro rincones de la casa por fuera de la puerta:

—Jesucristo, san Benito. Que prohíban los malos espíritus. Que los espíritus nocturnos huyan del Padrenuestro. Hermana de san Pedro, no abandones a este siervo tuyo.

Tras un rato, Nicolás el Espabilado suspiró hondamente y dijo:

—¡Ay! ¿Debe terminar tan pronto el mundo?

El carpintero contestó:

—¿De qué hablas? Confía en Dios, como todos los que se ganan el pan con el sudor de su frente.

A lo que repuso Nicolás:

—Ve a buscarme de beber y te diré en la más estricta confianza, te lo advierto, algo sobre un asunto que nos afecta a ambos. Te juro que no se lo contaré a nadie más.

El carpintero bajó y volvió con dos pintas de buena cerveza. Cuando cada uno hubo bebido su pinta, Nicolás cerró la puerta e hizo sentar al carpintero a su vera diciéndole:

—¡Querido Juan, querido anfitrión! Debes jurarme aquí y por tu honor que jamás compartirás este secreto con nadie, pues te revelaré el secreto de Jesucristo, y estás perdido si se lo cuentas a otra alma. Si me traicionas, el castigo será que te vuelvas un loco de atar.

—¡Que Jesucristo y su santa sangre me protejan! —exclamó el cándido carpintero—. No soy ningún bocazas y, aunque está mal que yo lo diga, no soy charlatán. Puedes hablar libremente. Por Jesucristo, que bajó a los infiernos, no repetiré nada a hombre, mujer o niño alguno.

—Pues bien, Juan —dijo Nicolás—. De veras que no miento. Por mis estudios de los astros y mis observaciones de la luna cuando brilla en el cielo, he sabido que durante la noche del próximo lunes, sobre las nueve, lloverá tanto que el diluvio de Noé será cosa de niños. El aguacero será tan terrible —continuó—, que todo el mundo se ahogará en menos de una hora y perecerán todos los hombres.

Al oír aquello, el carpintero exclamó:

—¡Mi pobre esposa! ¿Se ahogará también? ¡Ay, mi pobre Alison!

Quedó tan impresionado, que casi se desmaya.

—¿No puede hacerse nada? —preguntó.

—Sí, por supuesto que sí —repuso Nicolás—; pero solo si dejas que te guíe un consejo experto y no sigues ideas propias que puedan parecerte brillantes. Como dice Salomón: «No hagas nada sin consejo y te alegrarás de ello». Eso sí, si actúas siguiendo mi consejo, te prometo que nos salvaremos los tres sin mástil ni vela. ¿No sabes cómo se salvó Noé cuando el Señor le advirtió que todo el mundo quedaría bajo las aguas?

—Sí, hace muchísimo tiempo —dijo el carpintero.

—¿No has oído también —continuó Nicolás— lo que le costó a Noé y a los demás lograr que su esposa subiese al arca? Me atrevo a asegurar que, en esos momentos, habría dado lo que fuese para que ella tuviese un arca para ella. ¿Sabes qué es lo mejor que podríamos hacer? Esto exige actuar rápidamente y en una emergencia no hay tiempo de charlas ni retrasos. Corre y trae a casa una artesa o un gran barreño poco hondos para cada uno de nosotros. Cerciórate de que sean lo bastante grandes para poder usarlos como barcas. Mete comida en ellas para un día. No necesitamos más, pues las aguas se retirarán y desaparecerán sobre las nueve de la mañana siguiente. Pero Robin no debe saber nada. Tampoco puedo salvar a Gillian, la criada. No preguntes el motivo, pues aunque me lo preguntases, no desvelaría los secretos de Dios. Salvo que estés loco, debería bastarte ser favorecido igual que Noé. No te preocupes, que salvaré a tu esposa. Ahora, vete y busca bien.

»Cuando tengas las tres artesas, una para ella, una para mí y otra para ti, cuélgalas del techo para que nadie vea tus preparativos. Cuando hayas hecho esto y hayas guardado la comida en cada una de ellas, no olvides recoger un hacha para cortar la cuerda y poder huir cuando llegue el aluvión, ni tampoco de abrir un hueco en la parte alta del tejado en el lado que da al jardín, donde están los establos, para que podamos pasar por allí. Cuando haya escampado, te aseguro que vas a remar con la misma alegría que un pato blanco detrás de su pareja. Cuando grite: «¡Eh, Alison! ¡Eh, Juan! Ánimo, que las aguas retroceden», tú responderás: «Hola, maese Nicolás. Buenos días. Te veo muy bien, pues es de día». Entonces seremos los reyes de la Creación el resto de nuestras vidas, como Noé y su mujer.

»Pero te aviso de una cosa. Cuando embarquemos esa noche, que ninguno de nosotros diga nada, ni llame o grite, pues debemos rezar para cumplir el mandato divino. Tu esposa y tú deberéis estar lo más alejados posible el uno del otro para que no pequéis, ni una mirada y mucho menos el acto sexual. Esas son las instrucciones. Vete y ¡suerte! Mañana por la noche, cuanto todos duerman, nos meteremos en nuestras artesas y allí nos quedaremos sentados confiando en que nos libere Dios. Ahora, vete. No tengo tiempo de seguir hablando de esto. La gente dice: «Envía a un sabio y ahórrate el aliento», Pero tú eres tan listo que no necesitas que nadie te enseñe. Ve y salva nuestras vidas. Te lo suplico.

El candoroso carpintero salió lamentándose y le confió el secreto a su esposa, que ya sabía mucho mejor que él para qué serviría el plan. Aun así, simuló estar asustada.

—¡Ay! —exclamó—, corre y ayúdanos a escapar o moriremos. Soy tu esposa verdadera y legítima; así que, querido esposo, ve y ayuda a salvar nuestras vidas.

¡Qué poder tiene la fantasía! La gente es tan sensible que puede morir de imaginación. El pobre carpintero se echó a temblar. Realmente creía que vería cómo el diluvio de Noé llegaba arrollándolo todo para ahogar a su esposa, Alison. Suspiró, gimió, se lamentó y se sintió muy desdichado. Entonces, tras haber encontrado una artesa y un par de grandes barreños, los metió a escondidas en la casa y, en secreto, las colgó del techo. Él mismo hizo tres escalas de mano con sus peldaños para poder llegar a los recipientes que colgaban de las vigas. Luego guardó provisiones en la artesa y en los barreños. Puso pan, queso y una jarra de buena cerveza, en cantidad suficiente para un día. Antes de llevar a cabo estos preparativos envió al criado que le servía y a la criada a Londres a hacer unos recados. El lunes, cuando se acercaba la noche, cerró la puerta sin encender las velas y comprobó que todo estuviese en orden. Momentos más tarde, los tres subieron a los recipientes y se sentaron dentro, permaneciendo inmóviles unos minutos.

—Ahora reza el Padrenuestro —dijo Nicolás—, y ¡callados!

—¡Callados! —respondió Juan.

—¡Callados! —repitió Alison.

El carpintero rezó sus oraciones y se quedó sentado en silencio. luego rezó de nuevo, aguzando el oído por si oía llover.

Tras una jornada tan agotadora y ajetreada, el carpintero se durmió como un tronco cuando sonó el toque de queda o tal vez un poco más tarde. Empezó a proferir sonidos quejumbrosos por culpa de unas pesadillas, pero como su cabeza no descansaba bien, pronto roncaba ruidosamente. Nicolás bajó en silencio por la escala de mano, así como Alison, que se deslizó sin hacer ruido. Sin decir palabra fueron a la cama en la que el carpintero solía dormir. Todo fue regocijo y jolgorio mientras Alison y Nicolás estuvieron acostados, ocupados en gozar de los placeres del lecho, hasta que la campana se puso a repicar para los maitines y los frailes comenzaron a cantar en el presbiterio.

Aquel lunes, Absalón, el sacristán herido de amor, que suspiraba de amor como siempre, se divertía en Oseney con unos amigos, cuando por casualidad preguntó a uno de los residentes en el claustro sobre Juan, el carpintero. El hombre lo llevó aparte, fuera de la iglesia, y le dijo:

—No sé. Desde el sábado no lo he visto trabajando aquí. Creo que habrá ido a buscar madera para el abad. A menudo se ausenta por tal motivo y se queda en la granja uno o dos días. Tal vez habrá ido a casa. No sé realmente dónde está.

Absalón se dijo con deleite: «Esta noche no es para dormir. Es verdad que no lo he visto salir de casa desde el amanecer. Como me llamo Absalón que, al cantar el gallo llamaré a la ventana de su alcoba y le declararé todo mi amor a Alison. Espero que, al menos, podré besarla. Sin embargo, y como me llamo Absalón, seguro que lograré alguna satisfacción. Me ha dolido la boca todo el día. Es un buen augurio de que al menos la besaré. Pensar que he soñado toda la noche que estaba en un banquete… Ahora echaré una siesta de una o dos horas y así esta noche estaré despejado y me divertiré un poco».

Al primer canto del gallo, el animoso amante se levantó y se puso sus mejores galas. Antes de peinarse, mascó cardamomo y regaliz para tener el aliento dulce y se puso una hoja de zarza bajo la lengua, creyendo que eso lo haría atractivo. A continuación, fue a la casa del carpintero y, en silencio, se colocó bajo el ventanal, cuyo alféizar le llegaba a la altura del pecho, y en voz queda y tímida, dijo:

—Dulce Alison, guapa, preciosa, flor de canela, ¿dónde estás? ¡Despierta, amor mío, háblame! No pienses en mi desdicha, pero peno de amor por ti cuando te deseo tanto como el corderito la ubre de su madre. Tesoro, estoy tan enamorado de ti, que suspiro por ti como un pichón enamorado y como menos que un infante.

—¡Lárgate de la ventana, idiota! —respondió ella—. Por Dios que no voy a besarte. Amo a otro. Sería tonta si no lo amase. Es un hombre mucho mejor que tú, Absalón. ¡Por amor de Dios, vete al infierno y déjame dormir o te tiraré una piedra!

—¡Vaya por Dios! —exclamó Absalón—. Jamás fue tan mal recibido el amor verdadero. Pero, ya que no puedo esperar nada mejor, bésame por amor de Dios y por amor a mí.

—¿Prometes irte si lo hago? —replicó ella.

—Sí, claro, amor mío —respondió Absalón.

—Entonces, prepárate —dijo ella—, que voy.

Y susurró a Nicolás:

—No hagas ruido y te reirás como nunca.

Absalón se hincó de rodillas diciendo:

—Con todo, salgo ganando, pues espero que después del beso vendrá algo más. ¡Oh, tesoro! Sé buena, pichoncito. Sé amable conmigo.

Ella descorrió el cerrojo de la ventana y dijo:

—A ver, acabemos de una vez.

Y a continuación añadió:

—No te entretengas, que no quiero que te vea algún vecino.

Absalón se secó los labios para empezar. La noche era negra como boca de lobo, como el carbón, cuando ella asomó las posaderas por la ventana. Entonces Absalón, antes de comprobar lo que era, depositó un sonoro beso en su trasero desnudo. Pero retrocedió de inmediato. Había algo que no le cuadraba, pues notó algo áspero y velludo, y sabía que las mujeres carecen de barba.

—¡Uy! ¿Qué he hecho?

—¡Ja, ja, ja! —rio ella, cerrando la ventana de golpe.

Absalón se quedó meditando su triste situación.

—¡Una barba! ¡Una barba! —gritó Nicolás el Espabilado—. Por Dios, esto sí que es divertido.

El pobre Absalón oyó aquellas palabras y se mordió los labios de rabia, diciéndose:

—¡Me las pagarás!

¡No imaginan cómo Absalón se frotó y restregó los labios con polvo, arena, paja, trapos y limaduras!

—¡El diablo me lleve! Prefiero vengar esta afrenta antes que poseer la ciudad entera —se repetía—. ¡Ay, si al menos hubiese dado un paso atrás!

Su amor apasionado se había enfriado y extinguido. Desde que le besó el trasero a su amada, se le curó la enfermedad. Ya no estaba dispuesto a dar un penique por una mujer hermosa. Empezó a soltar improperios contra las mujeres volubles, llorando como un niño al que acababan de pegar.

Cruzó con pasos lentos la calle para visitar a un herrero amigo suyo, llamado maese Gervasio, que forjaba aperos de labranza en su fragua. En ese momento afilaba rastrillos y rejas, cuando Absalón llamó con los nudillos diciendo:

—Abre, Gervasio, deprisa, por favor.

—¿Qué? ¿Quién va?

—Soy yo, Absalón.

—¡Cómo, Absalón! ¿Qué haces levantado tan temprano? ¿Eh? ¡Dios nos bendiga! ¿Qué tienes? Alguna mujerzuela te hace bailar al son que ella toca, supongo. ¡Por san Nedo! Sé lo que vas a decirme.

Absalón no le hizo caso y no soltó prenda, pues la cosa era mucho más intrincada de lo que imaginaba Gervasio. Así pues, le dijo:

—¿Ves el rastrillo candente que está junto a la chimenea, amigo? Préstamelo. Lo necesito para una cosa. Te lo devolveré enseguida.

Gervasio repuso:

—Claro que te lo presto. Te lo prestaría aunque fuese de oro o una bolsa de soberanos. Pero, en nombre de Cristo, ¿para qué lo quieres?

—Tú queda tranquilo —contestó Absalón—. Uno de estos días te lo explicaré.

Y agarró el rastrillo por el mango, que estaba frío. Salió con sigilo por la puerta y fue a la casa del carpintero. Primero tosió y a continuación llamó a la ventana, como había hecho antes.

Alison respondió:

—¿Quién llama? Seguro que es un ladrón.

—¡Oh, no! —dijo Absalón—. El cielo sabe, mi tesoro, que es tu Absalón que te adora. He traído un anillo de oro de mi madre, que en gloria esté. Es precioso y está muy bien grabado. Te lo regalo si me das otro beso.

Nicolás, que se había levantado a orinar, quiso redondear la broma haciendo que Absalón le besase el trasero antes de marcharse. Abrió entonces la ventana y, en silencio, sacó las nalgas. Absalón dijo a su vez:

—Habla, tesoro, que no sé dónde estás.

Nicolás se tiró un sonoro cuesco, que sonó como un trueno. Absalón se quedó medio ciego por el estallido, pero tenía listo el hierro al rojo y lo presionó contra el trasero de Nicolás. El rastrillo al rojo le abrasó la parte posterior, saltándole la piel en un círculo ancho como una mano. Nicolás creyó que iba a morir de dolor y se puso a gritar frenéticamente en su angustia diciendo:

—¡Socorro! ¡Agua! ¡Por amor de Dios, auxilio!

El carpintero se despertó con un gran sobresalto. Al oír gritar a alguien «¡Agua!» como si estuviese loco, pensó: «¡Ay! El diluvio de Noé». Se levantó entonces y cortó la soga con el hacha. Todo se desmoronó y cayó sobre la tablazón del suelo, donde quedó casi inconsciente.

Alison y Nicolás se levantaron de un brinco y salieron a la calle gritando:

—¡Socorro, quiere matarnos!

Todos los vecinos acudieron a la carrera a contemplar al atónito carpintero, que seguía en el suelo, pálido como un muerto porque, por añadidura, se había quebrado un brazo en la caída. Pero sus problemas aún no habían terminado, pues cuando intentó hablar, Alison y Nicolás lo interrumpieron. Explicaron a todos que estaba loco de remate. Dijeron que estaba aterrado por un imaginario diluvio como el de Noé, que había comprado tres artesas y las había colgado del techo, rogándoles por Dios que se sentasen con él allí y le hiciesen compañía.

Todos se rieron de aquella idea, contemplando embobados las vigas del techo y burlándose de sus apuros. Fue vano cuanto dijo el carpintero. Nadie lo tomaba en serio. Juró y perjuró de tal modo que toda la ciudad lo creyó loco. Los lugareños cultos, estuvieron de acuerdo sin dudarlo en que estaba como una cabra, y todos se carcajearon de aquello.

Así es cómo, pese a todo su celo y sus precauciones, la esposa del carpintero fue poseída, Absalón le besó su bonito trasero y a Nicolás le marcaron el suyo con un hierro al rojo vivo.

Así termina esta historia, y que Dios nos ampare.

ÍNDICE

Nos encuentras en:
www.mestasediciones.com